고요

속의

대화

고요 속의 대화

오늘 여기, 반짝반짝 빛나는
마음의 소리 들리나요?

글 · 사진　노선영

좋은땅

제가 살고 있는 아일랜드 더블린은 특별합니다. 여우비가 지나간 자리에 소복이 쌓인 잎사귀들, 청아한 하늘을 그대로 담고 있는 리피강을 보노라면 온 세상이 나를 행복하게 해 주려고 존재하는 것 같다는 착각에 빠집니다. 문학 에너지가 충만한, 작가들이 사랑하는 켈트의 낙원 아일랜드.

'글을 향한 진정한 사랑은 무엇일까?'

이곳에 오기 전에 저는 이 질문을 던졌습니다. 이 세상에 책은 넘쳐났지만, 농인이 세상을 느끼고 쓰는 그 고유한 표현을 다룬 책은 매우 적었습니다. 글쓰기를 시작하면서, 복잡하고 까다로운 글보다 저만의 언어로 진실하게 다가가고자 했습니다. 그러나 저는 농 문화에 상응하는 어떤 다른 언어를 고안해야만 했고 저의 텍스트로는 이런 기대를 채우기에 역부족이었습니다.

 그러던 중, 천혜의 자연을 간직하고 있으며 노벨문학상을 배출한 작가의 나라, '아일랜드'라는 곳을 알게 되었습니다. 제 힘으로 개척해서 글 솜씨를 좀 더 갈고닦을 수 있는 기회였습니다. 이에 용감해진 저는 모아둔 통장을 들고 세상의 끝을 향해 떠나게 되었습니다.

 하지만 아는 사람 없이 타지에 산다는 것은 남루한 일상에 짓눌리는 것이고, 불확실한 미래, 들리지 않는 고통에 맞서야 했던 운명이었습니다.

 기나긴 터널을 지나오다 마침내 마주한 삶의 변곡점에서 '장애'라는 이름으로 '나'를 결정짓지 않고, 오로지 생의 감각으로 꽃을 피울 때서야 알게 되었습니다.

 세상의 한계를 벗어나 장애의 수많은 가능성을 배워 가고 있다는 것을, 장애의 틀은 존재하지만 저마다 고유한 모양과 빛깔, 향기를 담고 다양성을 보여 주고 있다는 것을. 그 시절 나의 안식처였던 글은 마음의 목소리에 귀 기울이라며 나를 일깨웠습니다.

 오늘날의 저는 글에 생명을 불어넣고, 반짝이는 눈빛과 마음의 소리로 매일 글을 쓰고 있습니다. 여러분은 농인이 세상과 소통하고자 쓴 이 책이 낯설겠지만, 지금까지 느낄 수 없던 풍경이 담긴 글을 읽으시게 될 것입니다. 이것이 제가 이 책을 쓰게 된 이유입니다.

시월의 아름다운 날,
아일랜드 더블린에서 노선영 드림

차례

글을 쓰고 행복해졌다는 나의 이야기를 듣고 누군가 물었습니다.

들리지 않음에도 글을 썼는데 힘들지는 않았느냐고.

저는 대답했습니다.

"그저 저는 재미있고 가치 있는 일에 기뻐할 뿐이에요.

모든 것들이 고요해 보여도, 살아 있는 눈빛과 정신이 있다면

이 세상에서 더 많은 것을 느낄 수 있습니다."

나는 혼자서,

아무것도 가진 것 없이,

낯선 도시에 도착하는 것을 수없이 꿈꾸어 보았다.

그러면 겸허하게, 아니 남루하게 살 수 있을 것 같았다.

무엇보다도 그렇게 되면 '비밀'을 간직할 수 있을 것 같았다.

- 장 그르니에, 《섬》 중에서

- 농인: '청각장애인'이라는 의료 · 병리적 관점이 아닌 언어 · 문화학적 관점에서 사용하는 용어.
- 청인: 농 사회에서는 '비장애인'보다 '청인'이라는 명칭을 쓴다.
- 농 문화: 소리에 방해 받지 않고 '시각'에 의지해 얻어지는 경험에 대한 표현.
- 수어: 농인의 고유한 언어로 '손짓'이라는 표현의 '수화'가 아닌 '한국어', '영어'처럼 '어(語)'
  를 붙여 쓴다.

미지의 섬

삶은 자기 자신을 찾는 여정이 아니다. 자기 자신을 만드는 과정이다.

– 조지 버나드 쇼

열일곱 살의 시절, 멀고도 먼 세상의 끝, 미지의 섬을 그리워하던 열정이 내 마음 안에 싹트기 시작했다. 어떤 이유로 계속 보류해 왔지만, 쉽게 상처 받던 시절에 누군가가 체념한 듯이 말했다.

"네가 무엇을 할 때마다……."

그리고 이어 말했다.

"불가능할 거야."

그는 내게 여러 문을 보여 주었다.

들어갈 수 없는 문,

노크조차 할 수 없는 문,

들어가지 않아도 좋았을 문

계절은 새로워지고 있었지만, 내 마음의 문에는 자물쇠를 걸어 굳게 닫아야 했다. 그러나 그 해보다 훌쩍 커 버리던 시절에 우연히 활짝 열린 '문'을 마주했다.

신비로운 오로라가 있는 곳,
초록색의 피터팬이 등장하는 곳,
녹색 물결의 축제로 들어갈 수 있는,
마법의 세계로 들어가는 '문'

문 틈 사이로 한 줄기의 투명한 빛이 보였다. 아일랜드의 전설 이야기와 마음의 고향 속 푸르른 자연, 선선한 바람이 나를 부르고 있었다. 끊임없이 갈구해 왔던 미지의 섬이었다.

더 이상 기다려야 될 이유도, 망설일 이유도 없었다. 누군가가 자물쇠를 달기 전에, 스스로 그 '문'을 열어야만 했다.

이제야 진짜 도전이 시작된 것이다.

2014, 아일랜드

인생의 비밀은 어울리지 않을 듯한 감정을 결코 지니지 않는 것이다.

- 오스카 와일드

서쪽 하늘의 장밋빛 구름 아래, 끝이 보이지 않는 활주로 끝에서 한 사내가 손을 흔들었다. 비록 창문 사이에 전할 수 없는 목소리일 테지만, 기어코 손을 흔들어 '안녕'이라고 대답했다.

드디어 비행기가 활주로를 벗어나자, 하늘 끝을 향해 고도를 서서히 올리기 시작했다. 그러자 오랫동안 땅에 묶어둔 몸은 거역할 수 없는 중력으로 나를 짓눌렀다. 그리고 지난 일들이 필름처럼 스쳐갔다. 스스로를 가둔 시간, 어디부터 시작할지 몰라 불안했던, 움츠리기만 했던 날개. 그러나 이제는 높다란 벽을 넘어 비상하고 있었다.

마침내 기내 안이 평화를 되찾자, 한 승객이 기다렸다는 듯이 귀마개를 끼고 있었다.

'그에게 귀마개가 소소한 행복이라면, 내게 시끄러운 소리가 들리는 귀마
개가 있다면 행복해질까?'

그가 시끄러운 소리에 벗어나고자 귀마개를 꼈을 때 느끼는 행복이 무엇
인지 나는 어렴풋이 알 것 같았다. 마침 복잡한 출국 수속을 마치고 나서 그
런지 몸이 천근만근 무거워졌다. 그러자 나를 간신히 지탱하던 정신이 혼돈
속에서 부유하기 시작하더니 금세 잠에 빠져들었다.

몇 시간 뒤, 기내의 불빛이 켜지는데 완벽한 고요 속에서 눈꺼풀을 뜨려
하니 기내 안이 파도처럼 일렁거렸다. 다행히도 한 승무원이 기내 컨디션을
살피고 있다. 나는 마음 속으로 되뇌었다.
'두려워하지 마, 괜찮아질 거야.'
기내를 가득 채우는 정적과 싸늘한 공기 속에 안도감이 들었다. 창문 밖을
내다 보니 비행기는 어두운 바다를 건너가고 있었고, 황량한 빛은 구름을
어둡게 만들고 있었다.

드디어 날이 밝아지고 하늘 아래 한 도시가 망원카메라처럼 점점 가까워
지기 시작했다. 승객들의 시선은 일제히 창 밖으로 쏠렸다.
'착륙, 착륙 준비 중입니다.'

화면에 자막이 흘러나오자 기내 안에 팽팽한 긴장감이 돌았다. 마침내 바
퀴가 땅에 맞닿자 엉덩이가 들썩였다.
'지익- 지익-'

좌석에서부터 몸으로 진동이 전해졌다. 무사히 착륙했다는 신호탄이었다.

비행기를 갈아타기 위해 도착한 공항 안은 낯선 이방인들의 발자국으로 수놓고 있었다. 화장실에 들어와 거울을 비추니 오랜 비행에 지친 기색이 보였다.

밖을 나오니 사람들이 바삐 어디론가 걸어가고 있었다. 표정의 변화가 없는, 통화하면서 급히 뛰어가는 모습, 쉴새 없이 움직이는 입술과 의미를 알수 없는 제스처로 대화하는…… 그 낯선 사람들 사이에서 스스로가 투명인간처럼 느껴졌다.

그때, 누군가 나를 향해 걸어오고 있었다. 입술에 아무것도 바르지 않은 파리한 한 여인이 내게 표를 내밀어 물었다.

"더블린으로 가는 길을 알고 있나요?"

여인의 입술에서 그 어떤 것도 읽을 수 없었지만, 상황을 파악할 수 있었던 나는 가방을 뒤적거려 표를 꺼내 보여 주었다. 그제야 여인의 입가에 미소가 번졌다.

말없이 함께 목적지를 향해 걸어가니 그녀의 푸른 빛의 드레스 선이 부드럽게 찰랑거렸다. 한참 걸었을까, 라운지 표지판에 단어 하나가 보였다.

'Dublin(더블린)'

'!'

그토록 오랫동안 찾아온, 내 가슴에 한 줌의 용기로 파고드는 한 단어였다.

그러자 여인이 고개를 돌리며 말했다.

"행운을 빌어요!"

그 인사는 내게 합격 통보와 같았다. 그녀의 뒷모습을 바라보았다. 드레스 선이 처음보다 더욱 찰랑거렸다.

'그래. 계속 나아가자.'

다음 비행기의 이륙을 기다리는 동안, 의자에 앉아 일기를 꺼냈다.

'세 잎 클로버

녹색의 땅

작가의 나라

아일랜드'

짧은 글을 써내려 가며 골똘히 생각했다.

'무엇이 그토록 나를 낯선 땅을 향하도록 했을까?'

두려움을 무릅쓰고 짙은 어둠을 향해 걸어갔다. 마침내 통로 끝에 빛이 보이기 시작했다.

달키의 꽃

인생은 모두 다음 두 가지로 성립된다.

하고 싶지만 할 수 없다,

할 수는 있지만 하고 싶지 않다.

- 오스카 와일드

드디어 도착한 '녹색의 땅' 에른섬, 아일랜드.

내가 처음 만난 아일랜드는 태양이 가장 밝게 빛나고, 하늘은 가슴 벅차게 푸르렀다. 오월은 자신을 돌아볼 수 있는 최상의 달이었다. 짐을 풀자마자, 더블린 시내에서 가까운 해변인 '달키'에 가기로 했다.

코넬리역에서 표를 끊고 자리에 앉으니 시간이 무심하게 제 갈 길을 가고 있었다. 몇 정거장이 지났을까 해변이 모습을 드러냈다. 흰 솜이 흩어진 하늘과 가랑가랑 넘쳐나는 바다는 키스하기 위해 서로 맞닿는 모습이었다.

'어허, 이곳이 바로 달키로구나!'

나는 달키를 한눈에 알아볼 수 있었다.

달키역에 내리니 달키의 포근함이 나를 감싸고 있었다.

바람이 부는 들판 위에 함초롬한 꽃봉오리들, 싱싱하게 펄럭이는 잎사귀,

다복다복 돋아난 고운 풀빛이 내 마음의 창문을 두드려 댔다. 언덕 끝에는 푸르른 바다가 파노라마처럼 펼쳐졌다.

비록 말이 없었지만, 그들은 꿈과 환상 그리고 감성을 심어 주며 나를 안락하게 품어 주고, 진실로 내게 친구가 되어 주었다. 꽃 아지랑이 속에 뒹굴며, 말 없이 지켜 주는 나무와 대화할 수 있는 이곳.

달키는 끝내주게 아름다웠다.

우연히 절벽 끝에 가까스로 피어난 꽃을 발견하고 그에게 말을 걸었다.

"안녕? 오늘 더 넓은 세상과 마주하기 위해 이곳으로 왔지."

꽃은 몸짓으로 내게 인사했다.

"넌 바다 소리를 들을 수 있니?"

꽃은 아무런 말이 없었다. 그 꽃은 마치 바다 수평선을 바라보며 누군가를 기다리는 여인의 모습 같았다.

"들리지 않는다 해도 넌 그 자체로 충분히 아름다우니까."

꽃은 흔들리며 열렬히 자신의 몸짓을 보여주었다. 너와 내가 나누는 소통, 잊혀지지 않는 하나의 눈짓. 나는 꽃에게 어떤 존재일까? 바다와 꽃을 하염없이 바라보았다.

"바다는 언제나 내게 자유를 주곤 해. 바닷속같이 고요한 곳이 어디에 있을까? 난 이렇게 말하고 싶어. 지금 나의 세상은 깊은 바닷속과 같다는 것을. 만일 내가 다시 태어난다면 말이야, 물고기가 되어 자유롭게 항해하고 있을 거야."

꽃은 아무런 말없이 흔들고 있었다. 나는 그런 꽃에게 속삭였다.

"오늘 새로운 출발, 잘 부탁해."

내가 만난 달키의 최초의 모습. 오늘 달키는 내게 처음으로 말을 걸어
왔다. 그리고 이 세상에서 순수하고 고요한 자연의 언어를 알려 주었다. 나
는 마음 속으로 힘껏 말했다.

"고맙다, 달키야!"

데임 스트릿

실수는 발견의 시작이다.

– 제임스 조이스

젯빛의 하늘 위에 엉긴 구름 속 오랜 시간을 거쳐온 건물들과 명상에 빠진 듯한 표정들. 옛 영화 세트장 같은 데임 스트릿의 길은 울퉁불퉁한 자갈로 포장되어 있었다. 데임 스트릿은 과거의 꿈결을 선사해 주어 촉수가 맺힐 듯이 더블린의 조각들을 속속들이 드러내고 있었다. 길가의 간판 낱말들은 세상을 알아가는 즐거움을 만끽하게 했다. 나는 더블리너들의 다양한 걸음을 눈으로 즐겼다.

자박자박
사뿐사뿐
뚜벅뚜벅
또각또각
타박타박

걸음 모양, 발바닥의 힘, 자갈길, 아스팔트길, 구두 모양, 굽 높이, 포장 길, 몸무게, 걸음 폭, 발걸음의 속도, 촉감, 색깔 등으로 인해 내 안의 다양한 소리를 들을 수 있기 때문이다. 오로지 내면으로부터 상상할 수 있는 소리였다.

템플바 골목 끝에서 한 남자가 내가 있는 쪽으로 걸어오고 있었다. 그는 큰 키에 중절모를 쓰고 발목까지 내려오는 코트를 입고 있었다. 새의 옆 얼굴 같았던 그는 방랑하는 시인처럼, 세상 일에 달관한 듯이 주변을 신경 쓰지 않고 있었다. 마치 '예이츠' 작가를 떠올리게 해서 자꾸 뒤돌아봤지만, 아쉽게도 그는 내 눈길을 허락하지도 않은 채 골목 사이로 빠르게 사라지고 말았다.

내게 진한 여운을 남긴 그가 지나간 자리에 오랜 펍이 있었다. 고동빛의 묵직한 문을 힘껏 열었다. 아일랜드산 흑맥주인 기네스의 깊은 풍미가 훅 밀려 왔다.

펍의 실내는 동굴처럼 어두컴컴했다. 카운터 뒤쪽의 거울이 거리의 찬란한 빛을 반사하여 어둠 속에서 신기루처럼 반짝거렸다. 그 위엄에 압도 당한 나는 고양이처럼 살금살금 주위를 살피며 걸어갔다. 이윽고 눈이 어둠에 적응하기 시작했다. 카운터에는 각자 혼자서 술을 마시는 몇 사람도 있었고 일부는 텔레비전으로 축구 경기를 보느라 여념이 없었다.

벽은 위스키 병들로 채워져 있었고 불그스름한 조명들이 이들을 빛내고 있었다. 감자튀김 냄새가 진동하자 순간 기네스 한 잔이 생각났다. 바에 앉아 주문했더니 바텐더가 시원하게 말했다.

"오케이!"

그는 셔츠 소매를 걷어 올려 누런빛의 털투성이 손목을 드러낸 채 맥주를 짜내고 있었다. 그 동안, 나는 천장에 이르기까지 벽마다 정신 없이 나붙은 그림들을 감상했다.

"나왔습니다."

그가 하프 로고가 그려져 있는 기네스 잔을 바 위에 올렸다. 삶의 무게를 아는 자들만이 마실 수 있다는 기네스를 천천히 마셔 보았다. 고소한 맛의 부드러운 거품이 아이스크림처럼 혀에 스르르 젖어 고달픈 삶의 애환을 보듬어 주고 있었다.

잔을 종이 받침 위에 내려놓으니, 잔 안의 거품이 동그란 원을 그리며 옆으로 퍼지고 있었다. 그러자, 내 주변에 무슨 일이 일어나고 있는 것 같았다. 고개를 돌리니 무대 위에 몇몇 사람들이 두 발을 부딪히는 현란한 스텝을 밟으며 열정적으로 춤추고 있었다. 무대 위에서 시작된 진동이 내 피부 속까지 전달되어 특별한 하모니를 만들어내고 있었다.

지금까지 나는 소리 없이 움직이는 춤에서 나오는 선의 아름다움을 감상하는 것을 즐겼었다. 그라프턴 스트릿 버스커의 춤, 또 리듬을 타고 흘러가는 춤, 그리고 눈으로 보는 소리의 색깔과 삶의 희로애락이 여러 형태의 풍성한 빛깔로 나타난 춤을 바라보는 나의 눈은 길거리 마술을 동경하는 아이들처럼 반짝거렸다.

아이리시 댄스의 독특한 진동에 푹 빠져 있던 내게 낯선 누군가가 다가왔다. 우수에 젖은 눈빛, 우물거리는 입 모양, 살짝 올린 입꼬리, 눈썹을 추어

올리며 무언가를 말하고 있던 한 사내였다.

　그의 입술에서 어떠한 단서조차 찾을 수 없었지만, 그가 나와 친구가 되고 싶어 하는 낌새를 알 수 있었다.

　하지만, 입술 모양을 읽는다는 것은 내게 곤혹스러운 일이었다. 좁은 폭으로 움직이는 모양에 열심히 집중하다 보면, 세상이 구겨진 듯한 기분이었기 때문이다. 게다가 그에게 콧수염까지 있었다.

　어디서 당당한 자신감이 나왔는지, 손가락으로 덥수룩한 콧수염을 가리키며 내가 말했다.

　"입술이 안 보여요."

　그는 놀란 표정을 짓고 말을 멈췄다.

　"What?"

　나는 사내 쪽을 향해 가까이 대고 말했다.

　"입술을 읽어야 해요."

　그러자, 그가 무척 당혹스러운 표정을 짓더니 잠시 머뭇거린 뒤에 진지하게 말했다.

　"이건 어때요?"

　그 순간, 나도 모르게 웃음이 터져 나왔다. 그가 자신의 콧수염 끄트머리를 잡아 올리고 입 모양을 보여 주기 위해 애쓰는 것이 아닌가? 처음 만난 사람 앞에 저런 배려를 해 주는 사람이 또 있을까.

　"다시 한번 더 말해 주겠어요?"

　그에게 요청하니, 그가 다시 입 모양을 보여 줬다.

　"기네스 한 잔 마시겠소?"

'한잔'이라는 제스처를 하고 있고 입 모양도 '기네스'라고 말하고 있어. 이 방인에게 환영의 의미로 기네스 한잔을 대접하는 배경도 있고. 그래 그거야!'

조금은 느린 반응이었지만, 때와 장소에 따라 상대방이 어떤 말을 하는지 예측할 수 있었다.

무대 위의 댄스가 끝나 갈 무렵, 갓 짜낸 기네스 한 잔이 바 위에 올려져 있었다. 황토색의 기포가 보글보글 끓어오르다 가라앉는 동안, 그와 나 사이의 간격이 점점 멀어져 가고 있었다. 지루한 시간이 이어지자 그가 한눈을 판 사이에 서둘러 펍을 나왔다.

정처없이 걸어간 길 위에는 주황색의 불빛이 마치 카펫처럼 깔려 있었다. 리피강을 이어주고 있는 하페니 다리 위에 올라가니, 어느새 붉은 저녁이 도시 표면에 내려앉고 있었다. 머물지 않고 떠나는 물결을 지켜보자니 마치 내 모습 같았다. 다리 위에 낯선 무리들이 어슬렁 올라와 내게 말을 걸었다.

순간 등골이 서늘해졌지만, 다행인지 불행인지 그들이 하는 말을 알아 들을 수 없었다. 내 반응이 시시했던 걸까? 그들은 곧바로 자리를 휑하니 떠나 버렸다. 모두가 이미 저만치 가 버리고 텅 빈 다리.

이곳과 전혀 어울리지 않는 이방인. 스스로가 아일랜드, 이곳과 어울리지 않는다고 느껴졌다.

'앞으로 이 도시와 잘 지낼 수 있을까?'

다리 너머 세상은 온통 붉게 물들어 있었다. 그로부터 시선을 거두어 끝없이 흐르는 물줄기를 다시 바라보았다. 물결은 보석같이 반짝이고 있었다. 부드럽게 굽이치는 물결이 나를 어루만지고 있는 것 같았다.

강물 위에는 글이 흐르고 있었다.

'그럼에도 인생은 흘러 간다.

저 흐르는 강물처럼.'

썸머힐의 그림자

인생은 비극이라고 생각할 때,
우리는 비로소 인생을 살기 시작하는 것이다.
- 윌리엄 버틀러 예이츠

오전이 지나면 금세 이울어지는 달, 서리의 마른 자국이 남아 있는 창문 밖으로 앙상한 나뭇가지가 희미하게 보였다. 쓸쓸한 그림자는 점점 짙어지고 있었다. 그 즈음 빈 방을 찾고 있었다.

'빈 방 있음. 더블린1 썸머힐,
월세 250유로, 보증금 265유로'

집을 옮기던 날, 트렁크 몇 개가 방 안에 덩그러니 남아 있었다. 짐을 챙겨 서둘러 나와 걸어가는데 철창과 덩굴로 가려진 성이 보였다. 새는 날아가고 있었고 나무의 잔가지들이 바람에 흩날렸다. 칙칙한 잿빛의 하늘 아래, 살을 날카롭게 에는 듯한 바람이 불고 있었다.

지나가고 있던 행인의 입술 언저리는 슬픈 모양새로 깊숙이 감춰져 있

었다. 길 위는 나를 완벽하게 받아주지 않는, 고국을 연상할 수 있는 분위기
도 존재하지 않았다.

1910년대 흔적이 고스란히 남아 있는 조용한 길가. 바람은 예고 없는 손
님처럼 집집마다 두꺼운 커튼으로 감춘 창문을 두드리고 있었지만 미동조
차 없었다.

'이들은 이토록 어둡고 슬픈 침묵을 어떻게 극복하고 있는 걸까?'

회색 빛의 하늘 아래에 서 있자니, 그 어떤 쓸쓸함이 느껴졌다. 조금 더 걸
어가니, 아일랜드 작가인 브람 스토커의 '드라큘라'의 집을 연상시키는, 낡
은 잿빛 테라스 하우스가 보였다.

'580번'

손에 들린 종이를 다시 한번 확인했다.

'끼익-'

문을 여니 복도에 음산한 분위기가 돌고 있었다. 카펫에서 퀴퀴한 냄새가
올라와 집안에 진동하고 있었다. 문 앞에 걸려 있는 숫자만이 말없이 존재
하고 있을 뿐이었다.

그때, 문이 열렸다. 문틈으로 주황 불빛에 먼지들이 부옇게 떠다녔다. 한
그림자가 천천히 다가왔다.

"만나서 반가워요. 조이라고 합니다."

주황색의 풍성한 머리칼, 얼기설기 걸친 오렌지색의 털 스웨터에 주근깨
를 가진 한 아가씨였다.

"이곳이 당신의 방이에요."

그녀가 나를 방으로 안내하며 말했다. 방은 단출한 가구로 채운, 아주 황량하고 아주 우울한, 회색의 방이었다. 조이가 내게 열쇠를 주고 돌아가자, 방을 채운 공기는 납덩이 같이 적막하고 고요해졌다. 창문 밖에 몇 대의 자동차가 지나가더니 벽에 비친 그림자가 으스스한 유령처럼 움직였다.

트렁크를 침대에 밑에 넣고 깜깜한 방에 혼자 침대 위에 누우니, 순간 아는 얼굴이라곤 하나도 없고 말조차 통하지 않는 낯선 곳에 있다는 생각이 스쳐갔다. 으스스하고 스산한 바람이 이불 속으로 펄렁 안겨 왔다. 커튼 조차 없는 이 방에 자동차 그림자의 형체마저 무서워 눈을 꼭 감았다.
'작은 용기조차 아름다운 선물이었다고 말할 수 있는 그 날이 올까…….'
꼼짝없이 밀려오는 두려움을 참아야 했다.

썸머힐의 일상은 우울하고 반짝이는 꿈 사이의 무미건조한 일상이었다. 고국에서 몇 만 리나 떨어진 이국 땅에서 다시 없을 절실한 고독이었다. 고독 속에서 내가 할 수 있는 거라곤 글을 쓰는 것이었다. 별이 반짝이는 시간에 글을 쓰는 동안, 더블린의 밤은 길고 길었다. 흔들리지 않겠노라고 다짐해도, 어느 순간에는 나도 모르게 눈물이 그렁그렁해졌다.
한국에서의 삶이 전부였던 내게, 외로움과 두려움, 암담한 비애, 그 어떠한 정체성과 소속감을 잃은 상실감 그보다 더 큰 절망이 있을까? 어스름 밤이 찾아올 때면 집 앞에 쪼그리고 앉아 고국을 향해 펑펑 울었다. 넘어가는 석양 아래로 새들도 꺼억꺼억하며 나와 함께 울고 있는 것 같았다.
그 순간, 누군가가 뒤에서 내 어깨를 톡톡 치고 있었다. 조이였다. 눈물을 닦으며 일어서는 내 모습에 그녀가 당황스러운 듯이 말했다.

"잠깐 대화할 수 있을까 해서……."

하지만, 며칠 동안 대화를 나누지 못했던 터라 입 모양을 전부 잊고 만 상태였다. 나는 귀를 가리킨 다음 손바닥을 펼쳐 흔들었다.

'아임 데프(I'm Deaf).'

처음 만나는 사람들에게 보여 주던 표현이었다. 조이는 무척 놀란 듯했다. 이미 예상한 일이었다. 청인들 사이에서 조용하지만, 강하고 세찬 세계 속에 살아가는 내게서 청각장애가 있다는 것을 짐작이나 할까? 조이도 그중 한 명이었다.

"오, 미안해요."

조이는 미처 예상하지 못한 듯이 당황해하고 있었지만, 이런 상황에 익숙했다.

"전혀 몰랐어요. 다시 돌아오죠."

그 동안 청인들 안에서 겪어온 기억들을 떠올리며 혹시 쫓겨나는 것이 아닐까 맥없이 불안해졌다.

'혹시…… 설마 아닐 거야.'

마침내, 그녀가 다시 돌아왔다. 무언가를 들고.

'우리 집에 온 것을 환영합니다.'

작은 종이 위에 따뜻한 온기가 느껴지는 필기체였다. 조이의 글로 인해 내 마음 속에 잔잔한 물결의 파장이 퍼져갔다. 그녀가 나를 한 인격체로서 온전히 받아 주고 있음을 그제야 알 수 있었다.

그 후로 조이는 내가 어떤 모습이든 진지하게 반응했고, 공감했고, 감싸 안아 주었다. 사실 큰 것을 원하지 않았다. 그저 작은 공감들, 자신의 삶을 함께 나눌 수 있는 마음, 쪽지 위의 진실된 글 하나가 내게 위로가 되었던 것이다.

다음 날 아침, 잠깐 스러지고 말 햇살이 창문 틈으로 비쳤다. 눈을 게슴츠레 뜨며 창문 밖을 보니 앙상한 나뭇가지와 쓸쓸한 풍경 속에 햇살이 비치고 있었다.

잠에서 깨기 위해 침대를 나와, 하품을 하며 어두컴컴한 복도를 가로질러 갔다.

거실 가운데에 세탁기가 돌아가고 있었다. 그 앞에 앉아 가만히 그를 지켜보았다. 옷가지들이 빙글빙글 돌아가는 움직임이 내게 무언의 안도감을 느끼게 했다.

조이가 내 앞을 지나가고 있었다. 의자 위에 편하게 걸터앉은 그녀가 나를 보더니 두 손을 모아 기댄 모습을 하며 말했다.

"잘 잤나요?"

나는 아무 말없이 고개를 끄덕였다.

"세탁기 앞에서 어떤 생각을 하나요?

"……."

조이가 컵에 우유를 넣으며 말했다.

"어린 시절, 어머니는 틈만 나면 아이리시 홍차를 마셨어요."

그녀는 자신의 입 모양과 제스처로 천천히 말했다.

"그러던 어느 날, 우연히 어머니가 하얀 잔에 우유를 넣는 모습을 가만히 지켜보았죠."

조이가 컵에 우유를 넣으며 말했다.

"진한 다홍빛 홍차 안에 우유가 새하얗게 내리는데 깜깜한 어둠을 밝히는 듯이 아주 평온했습니다."

그녀의 자리에 햇살 한 줄기가 내리비치고 있었다.

"마치 나의 고달픔을 포근하게 덮어주는 것 같아서 그 후로 전 매일 이것으로 위안 삼으며 어둠을 이겨낼 수 있었죠."

그녀가 웃으며 말했다.

"혹시 모르죠. 당신도 특별한 위로를 찾을 수 있다는 것을."

그 날, 조이가 발견한 아이리시 홍차로부터 얻은 그 특별한 위로를 나 역시 찾고자 외출했다. 썸머힐의 그림자를 벗어나 아무런 기약 없이, 해가 없는 도시를 건너갔다. 정처 없이 거닐다 발길이 닿은 곳은 '메리온 스퀘어 공원'이었다.

축축한 노란 낙엽이 하릴없이 떨어지던 플라타너스 가로수 길을 걸어가다 우연히 《행복한 왕자》를 쓴 오스카 와일드의 동상 앞에 도착할 수 있었다. 그는 바위 위에 앉아 처연히 비를 맞고 있었다.

'햇살 한 뼘조차 없는 어둠 속에서 스스로를 벼랑 밖까지 내몰고 있는 동안, 과거와 현재는 증발했고 미래를 파괴했습니다. 오늘도 내일도 지독히도 어둠을 견뎌내야 합니다. 지루한 이 시간, 이제 무엇을 해야만 합니까……?'

그러자, 그가 말했다.

'젊음을 가지고 있는 동안 깨달아라. 그것을 가지고 있는 동안에 너의 황
금 같은 나날을 허비하지 마라. 지루한 것들에 귀 기울이며……'

며칠이 지나고, 마침내 새 보금자리로 옮길 수 있었다. 짐을 정리하고 포
트벨로강을 건너갔다. 물결이 흐르는 강가의 흐름을 정처 없이 따라가니 흰
백조 떼가 떠다니고 있었다. 하늘은 티 없이 맑았다.

쓸쓸한 가을, 온갖 빛깔의 낙엽으로 뒤덮인 빅토리아 스트릿이었다. 한 블
록 너머에서 작가 '조지 버나드 쇼'의 자택을 발견할 수 있었다. 하늘색 문
앞에서 그에게 반가운 선물을 받은 것 같았다.
벽난로와 그 옆에 쌓은 장작 나무들과 양철 우유통, 그의 손길이 무수히
거쳐 갔을 책상이 진열되어 있었다. 정겨운 흔적이 고스란히 남아 있는 그
의 자택에서 그를 만날 수 있었다.
집 앞 계단에 앉아 하늘을 우러러 보니, 뭉게뭉게 피어난 사파이어 빛의
구름 속에 땅거미가 지고 있었다. 에른섬의 저녁 풍경은 노을로 붉게 물들
어 가고 있었다.

문득 가슴 시린 추억이 떠올랐다. 잊지 못할 고통의 얼룩진 추억이었다.
그러나 그에게서 씩씩하고 기운찬 위엄의 울림이 느껴졌다.

'우리의 마음은 누구도 들여다볼 수 없는 가장 어두운 곳에 숨어 있지. 진

36

정한 변화는 자신의 마음이 가난해질 때 나타나는 법이야. 꿈과 동경의 용기를 잃지 말고 계속 나아가게.'

그의 내면의 목소리로 인해 이미 이 어둡고 쓸쓸한 그림자들이 지나가는 것 같았다.

'찾아가 보게나. 긍정적이고 아름답고 소중한 이 길을. 이 세상을 위해 적극적으로 생각할 수 있는 길을. 비록 자네에게 그 기다림이 길어진다 해도 어둠을 빛낼 수 있는 또 하나의 빛이 반드시 자네 안에 찾아올 걸세.'

그 순간 꿈 속의 장면을 만난 듯이 마음 속의 종소리가 점점 울려 퍼졌다. 마치 내 안을 둘러싸고 있던 단단한 껍질이 벗겨지는 것 같았다.
뒤를 돌아보았다.
이 세상, 살아 있는 자의 마음 속에서 정서적 교감을 느끼게 한 '하늘색의 문'이었다.

수프 한 그릇에 어둠을 품다

할 수 있는 자는 행한다.

할 수 없는 자는 가르친다.

- 조지 버나드 쇼

비 오는 오후 세시, 더블린은 여전히 춥고 황량했다. 초승달같이 구부러진 '하코트 스트릿'을 향해 걸어가다 '커피가 필요한 시간'이라고 내 몸의 시계가 재깍거렸다.

망설임 없이 방향을 바꿔 이곳의 날씨와 가장 잘 어울리는 카페로 향했다. 카페에 들어오니, 어두운 기운을 잠시 누그러뜨리고 차가운 공기를 덥혀 주는 듯한 따뜻한 수증기에 더해진 원두 향이 물씬 느껴졌다.

이 가운데, 오랜 책으로 채워진 책장을 보니 시 한 수를 읊고 싶어졌다.

'종이책 시대에 태어난 것은 내게 행운이었어.'

나는 정말이지 책장을 사랑스럽게 바라보았다.

복고풍 문양의 바닥 타일과 거친 벽돌에 묘한 분위기가 풍겨졌다. 스테인드글라스 창문은 뿌연 김으로 얼룩이 서려 있었다. 가만히 지켜봐도 시간이 아깝지 않은 풍경이었다.

'여기요!'

이윽고, 내 시야에 작은 손짓이 보였다.

이곳 카페 주인은 준비가 다 되면 내게 손짓을 해 주는 배려를 보이기도 했다.

내가 이 카페를 좋아하는 이유 중 하나이기도 하다. 고개를 돌리니, 수프한 그릇과 아일랜드 디저트인 바삭한 크럼블 사과파이가 정갈하게 준비되어 있었다. 쟁반을 들고, 조심스레 지하실에 내려가는 동안 부드러운 카펫의 촉감이 느껴졌다.

지하실은 곳곳의 양초만이 찬 기운을 덮고 있었다. 수프로 몸을 데우는 동안, 수첩 종이를 매만지며 생각했다.

'깜깜한 동굴 같은 어둠 속에서 무엇을 하고 있는 걸까?'

문득, 지하실에 있는 사람들이 무엇을 하고 있는지 궁금해졌다.

맞은편 테이블에는 책을 읽는 한 노인이 보였다. 이마에 회색 머리칼 한 가닥을 내려놓고 만년필을 입술로 굳게 물고 있었다. 낡은 수트에 벙거지 모자, 한쪽 안경을 걸친 콧등, 이글거리는 눈빛, 탁상 위에 뒹굴고 있는 메모지. 어둠을 잊고 누런 메모지에 글을 열심히 휘갈기고 있었다. 양초의 빛은 쉬이 사라지지만, 글은 영원히 가슴 속에 남아 있다는 것을 그의 모습으로부터 느낄 수 있었다.

테이블 옆에는 자신의 품에 있는 아이를 바라보는 젊은 엄마가 있었다. 엄마는 칭얼대는 아이를 계속해서 달랬다. 하지만, 어차피 이곳의 세상은 내게 고요했다.

아이는 금세 울음을 그치고 환한 미소를 보였다. 엄마는 "옳지." 하며 아이의 보드라운 살결에 맞대며 기뻐했다. 그리고 엄마와 아이는 어둠 속에서도 따뜻한 품을 통해 교감을 나눴다. 아! 어둠 속에 빛나던 엄마의 모성애, 문득 고국에 있는 엄마가 그리워졌다.

다음 테이블에는 동유럽에서 건너온 건장한 체격의 챙 모자를 쓴 남자가 있었다. 흙 묻은 바지와 지친 얼굴의 그를 보니, 하루의 노동을 마치고 온 것 같았다. 그는 마저 읽지 못한 신문을 읽으며, 생크림과 위스키와 설탕을 넣은 아이리시 커피를 마시고 있었다. 마침내 신문을 다 읽었는지, 텅 빈 커피잔으로 시선을 떨구며 무언가 골똘히 생각하고 있었다.

나의 망막에 비친 거룩한 풍경이었다. 선한 일상을 보내는 그들은 어둠 속에서도 자신의 내면과 가까워지고 있었다. 나에게 있어 '어둠'은 두렵고 깜깜하며 고독한 것이었다. 보이지 않아 행복한지 슬픈지조차 보이지 않는 내게 두렵기만 했던 어둠이었다.

그러나, 저녁의 강물이 반짝이며 일렁이는 것도, 크리스마스 전야제에 반짝이는 전구가 시내를 덮는 것도, 밤하늘에 별이 총총히 반짝이는 것도, 어둠 속에 흐르는 눈물이 반짝이는 이유도 모두 어둠 속에 있었다.

'우리 마음 안에 어둠이 있지만, 마음 속 깊이 숨어 있는 반짝이는 빛이 있지.'

흑백의 액자 같았던 그들의 모습은 내 마음을 잔잔하게 울리고 있었다. 이제야 따뜻한 수프를 한 가득 마시며, 그토록 내가 두려워했던 어둠을 당당히 마주할 수 있게 된 것이다. 마치 여기 있는 그들도 이미 알고 있었던 것처럼……

따뜻한 시선

희망을 품지 않는 자는
절망도 할 수 없다.
- 조지 버나드 쇼

한 폭의 그림처럼 보랏빛으로 물든 구름과 중후한 건물들로 채워진 '성패
트릭 공원'을 향하는 길. 비록 소리를 잃었지만 상상력이 가득한《걸리버 여
행기》라는 책으로 내게 영감을 준 작가, '조나단 스위프트'의 숨결이 있는 곳
이다.

'어디에 앉을까?'

한참 공원 안을 배회하고 있는데 때마침 빈 자리가 났다. 한 여인이 떠난
자리에 앉으니, 고맙게도 따뜻한 온기가 남아 있었다.

벤치는 햇살 좋은 날 가방을 베개 삼아 누워도, 비 오는 날 홀로 덩그러니
앉아 있어도, 말없이 쉼을 주고 함께 위로해 주었다. 사람들이 거쳐간 추억
이 있으며 그 모든 이들을 차별 없이 포용해 주는 곳. 오늘도 어김없이 그 자
리를 지키고 있다.

자리에 앉자, 곧바로 비둘기떼가 퍼덕이며 땅 위에 내려 앉았다. 내 발 밑

에 옹기종기 모여 무얼 모의하는지 신호를 주고받고 있었다. 나는 비둘기에게 첫 인사를 했다.

"안녕?"

땅 위를 어슬렁거리는 비둘기에게 먹이를 주며 한참이나 지켜보았다. 비둘기는 먼 타지에서 내게 친구가 되어 주는 고마운 존재였다.

그때, 저 멀리 떨어져 소외된 듯한 비둘기 한 마리가 보였다. 그는 애타게 나의 손길을 기다리고 있는 것 같았다. 하지만, 일어서지도 않고 꼼짝없이 앉아 연신 눈만 깜박이기만 했다. 미동 없이 온몸을 웅크리고 자리를 지키는 모습에 호기심이 생겼다.

'비둘기의 상징인 평화와 달리 오물을 뒤집은 더러운 행색의 모습일지라도, 험난한 인간 세상 속에서 하루하루 버티고 있는 소중한 한 생명체가 아니겠는가?'

나는 그 비둘기를 따뜻한 시선으로 바라보기로 마음 먹었다.

시간이 흐르고 마침내 그가 꼼지락하며 움직이기 시작했다. 그때 그로부터 놀라움을 발견할 수 있었다.

그에게 두 다리가 없었다.

미처 생각지 못한 발견에 여러 생각이 스쳐갔다. 이제야 고백한다. 지금까지 청인과 소통할 때마다 피하거나 배려하지 않는 그들의 모습을 볼 때마다 나는 그들을 향해 옹졸한 미움과 원망이 들었다.

하지만, 그 비둘기가 온몸을 웅크리고 있었을 때 그의 장애는 보이지 않았다. 마침내 그가 다리가 없음이 드러났을 때, 놀랐고 당혹스러운 마음에 어떻게 해야 할지 도무지 몰랐다. 청인 역시 농인을 만나본 적도 없을뿐더러 그들과 소통하기 위해 무언가를 배워본 적이 없을 것이다. 그런 그들에게 나는 어떠한 설명도 없이 글이나 수어로 소통하려고 애써왔다. 지난 일들에 대한 설익은 후회와 서걱거리는 미안함에 눈물이 솟구쳤다.

그 비둘기는 자신이 소외되어 있다 해도 다리가 없음을 수치스러워하지 않는 것 같았다.
'날 수 있기는 한 걸까?'
나의 의문에 응답이라도 하는 듯이 그가 날개를 몇 번 퍼덕이며 다음 단계를 준비하고 있었다. 한계에 도전이라도 하려는지 비둘기의 눈빛이 독수리 못지않게 번뜩였다.
그를 응원이라도 하는지 구름 속에 숨어 있던 해가 고개를 내밀었다. 그 순간, 비둘기가 날개를 활짝 펼치더니 하늘을 향해 비상하고 있었다. 햇빛이 쏟아지고 비둘기 목에 둘린 반짝이는 깃털이 푸르른 희망이 되어 내 가슴에 안겼다. 나도 모르게 탄성이 터져 나왔다.
'아! 생애 이토록 멋진 비상!'
마음에 평화가 깃든 것 같아 눈물이 핑 돌았다.

'비록 제게 다리는 없지만, 이토록 멋진 날개가 있습니다. 이것이 당신이 제게 편견을 가질 수 없는 이유입니다.'

비둘기로부터 받은 희망의 메시지가 구름에서 구름으로 나무에서 나무로 퍼져 나갔다. 나는 더 이상 따뜻한 시선을 멈출 수가 없었다.

각양각색의 구름이 떠다니고, 분수대 위에 주황 깃털의 새들이 모여 있었다. 잔디밭에 누워 정답게 대화를 나누는 연인, 개와 함께 산책하는 할아버지, 아이를 사랑스럽게 바라보고 있는 어머니, 작은 꽃을 들고 누군가를 기다리는 한 남자. 이들 한 명 한 명이 눈에 들어왔다. 소소한 풍경 속에 어떤 모습을 하든 찾을 수 있는 그들만의 행복이 느껴졌다. 패트릭 성당의 꼭대기를 올려다보며 나는 마음속으로 말했다.

'오늘 따뜻한 시선으로 바라본 그들을 영원히 잊지 못할 것입니다.'

코코넛 밀크 라떼

고통이 지혜를 준다면,

차라리 덜 지혜롭기를 소망한다.

– 윌리엄 버틀러 예이츠

비도 내리고 쓸쓸한 날씨였지만, 지붕마다, 낙엽마다, 나뭇가지마다 빗방울을 이고 있는 '비숍 스트릿'의 풍경은 몹시 운치 있었다. 길 위에는 두꺼운 외투 차림인 두 사람이 옹기종기 대화를 나누며 걸어가고 있었다. 차가운 손을 녹이러 서둘러 발길을 돌렸는데 그때가 오후 4시경이었다.

그 시각, 나는 '비숍 스트릿'을 지나고 있었다. 방향을 바꿔 걸어가니 오랜 세기를 거쳐온 성경책을 간직하고 있는 길이 보였다. 트리니티 대학의 사제가 지은 마쉬 도서관은 여러 세월 동안 자라온 덩굴이 신비로운 베일처럼 가려져 있었다. 이곳을 지나가면, 내가 좋아하는 단골 카페에 도착할 수 있다.

"어떻게 지내요?"

내가 카페 문을 열자마자, 한 청년이 유쾌하게 인사를 건넸다. 그런데 그가 평소와 달리 손으로 애써 내게 무언가를 표현해 보려고 노력했다. 주문을 다 하고 그에게 물었다.

"어디서 배웠어요?"

"이걸로 배웠죠."

그가 핸드폰 화면을 보여 주며 말했다.

핸드폰 화면 안에 한 단어의 동작이 움직이고 있었다.

'고향'에 온 것 같은 반가움.

수화라는 언어였다.

그가 말했다.

"우연히 당신이 수어로 영상 통화하는 것을 보았어요."

그가 손가락 관절을 계속 움직이며 말했다.

"우리와 다른 언어를 쓰는 것 같아 처음에 낯설었어요."

이어 그가 말했다.

"음성언어의 한계에 대한 새로운 도전이기도 했지만 손으로 하는 대화는 감정을 분명히 더 볼 수 있어서 오래도록 여운이 남아요."

내가 고개를 끄덕이자 그가 활짝 웃으며 말했다.

"여기가 마치 공기 없는 진공의 섬 같네요. 하하."

일상 속에서 보기 쉽지 않은 풍경이라 사람들이 흘끔 보고 있었지만, 개의치 않았다. 비록 누군가에게 무의미하거나 알 수 없는 제스처로 비친다 해도.

"그건 그렇고, 어떤 걸 마실 건가요?"

그가 내게 물었다.

그 동안 행여 틀리지 않을까 발음이 쉬운 '아메리카노'만 주문해 왔는데 이제 달리 주문할 수 있게 되었다. 홀가분해진 마음으로 메뉴판을 올려다 보고서는 당당하게 수어로 말했다.

"코코넛 밀크 라떼, 따뜻한 걸로 주세요."

그러자 그가 오케이, 하며 씨익 웃었다.

그가 만들어 준 라떼를 들고 자리에 앉자, 어느새 창 밖에 비가 내리고 있었다. 비가 내리고 난 오후라서 그런지 카페 안은 그 어느 때보다 활기찬 분위기였다. 마침, 물방울이 알알이 박힌 유리창 사이에 우산을 쓰는 한 연인이 지나가고 있었다. 창문 너머로 보이는 풍경이 있다는 것은 그 자체로 내게 위안이었다.

'맛은 어떨까?'

컵을 들고, 입술을 살짝 포개어 컵 언저리에 댔다. 풍성한 거품은 마치 내 마음 위에 솜사탕이 살포시 내려앉는 것 같았다.

코코넛 밀크 라떼의 처음 맛은 부드러웠지만, 뒤에는 어울리지 않을 것 같은 두 가지 맛이 느껴졌다. 혀를 날카롭게 감싸는 쓴맛이었다.

하지만, 코코넛 향의 둥글둥글하고도 부드러운 맛이 장애로 인한 쓴맛을 포근하게 덮어 주었다. 그가 내게 보여 준 모습과 닮아 있던 그 코코넛 밀크 라떼.

그가 만들어 준 오늘의 한 잔은 달콤함과 쓴 맛이 조화롭게 잘 어우러진, 이 세상에서 가장 맛있는 '코코넛 밀크 라떼'였다.

아일랜드에서 온 엽서

행복은 미덕인 기쁨이 아니라 성장이다.
우리는 성장할 때 행복해진다.
– 윌리엄 버틀러 예이츠

어머니, 안녕하시죠? 나의 고향 한국은 지금쯤이면 가을 햇살에 황금 들판이겠군요. 비 오는 시월의 가을, 이곳 아일랜드에서 엽서를 보냅니다. 자궁 안에 있을 때부터 유년기, 청소년기, 그리고 지금의 나에 대해 모든 것을 알고 계신 분이 있다면 바로 내 어머니이십니다. 그래서일까 어머니께 엽서를 쓰노라면 절로 순수한 언어로 쓰게 됩니다.

여기서 제가 가장 좋아하는 장소가 오코넬 중심가에 있는 우체국입니다. 제게는 '편지'라는 매개체가 어머니와 저를 탯줄처럼 이어주기 때문입니다.

우체국 안은 고풍스러운 옛 모습을 그대로 간직하고 있습니다. 팔각형의 나무 탁상과 삼각형 조명이 달려 있는 높다란 천장. 오랜 세월 속의 짙은 나무 향 속으로 걸어가노라면 아, 차라리 꿈에 빠질 것만 같습니다.

또, 어머니 저는 오코넬 우체국의 철학이 담긴 단어를 무척 좋아합니다.

마음 속으로 단어 하나 하나를 나지막이 불러보곤 합니다.

'편지, 인생, 자유…….'

우체국 안을 가로질러 금색의 창살에 가려진 한 직원에게 몇 유로만 내면 '아일랜드 독립 여성운동가'의 사진이 들어 있는 우표를 살 수 있습니다.

엽서 위에 우표를 붙이고 나무상자에 넣은 다음, 정겨운 '헨리 스트릿'을 나와 집으로 돌아갑니다.

1

희망을 노래하는 대지 같은 나의 어머니, 당신은 제게 어떠한 글이든 매일 건네는 것을 잊지 않으셨습니다. 절망과 괴로움 속에서도 어머니의 글은 힘이 되어 주곤 합니다. 아아, 어머니는 비교하고 평가하는 이 세상 위에 제게 잣대를 내세우지 않으셨습니다. 있는 그대로 사랑해 주는 것이 가장 어려운 일임에도 불구하고 말입니다.

비록 멀리에 계시지만, 항상 어머니의 사랑을 느낍니다. 이제 당신께 보여드리고 싶습니다. 오래전부터 꺼내고 싶었던 이야기입니다.

일반 유치원을 잠깐 다닌 시절, 처음으로 소풍을 갔을 때입니다. 그날, 어머니는 당신이 가장 좋아하는 보라색의 옷을 내게 입히고 운동장까지 데려다 주셨습니다.

제 주위에는 노란 유니폼을 입은 아이들이 있었습니다. 그들의 시선들이 제게 한꺼번에 쏠리기 시작하자, 저는 무척 당황스러웠습니다. 웅얼거리는 아이들 사이에 저는 본능적으로 느낄 수 있었습니다.

그것은 말할 수 없는 자와 말할 수 있는 자 사이에 소통할 수 없는 경계에서 오는 두려움이었습니다. 그때부터였을까요. 어색함, 불확실함, 혼자된 기분이 느껴졌습니다. 그래서 저는 점점 작아지는 어머니의 뒷모습을 향해 힘껏 소리를 냈습니다.

"어-ㅁ---ㅁ----ㅏ."

비록 발음이 명료하지 않고, 누군가에게는 의미 없는 목소리로 들릴 테지만, 온 힘을 다해 부르면, 한번쯤은 뒤 돌아보지 않을까. 하지만, 어머니는 이미 자리를 떠난 뒤였습니다.

결국, 저는 아이들 사이에 서서 눈물을 터트리고 말았습니다. 그 시절 모든 것을 다 할 수 있다고 생각했던 제가 처음 맛본 쓰라린 실패. 그렇게 생애 첫 소풍은 아름답지 못한 기억으로 남게 되었습니다.

아이들과 다른 제 모습을 받아들이기까지 오랜 시행착오가 있었지만, 한 가지 깨달은 것이 있습니다. 이제야 고백합니다.

다른 이들이 제 안의 색깔과 다른 모습을 하더라도, '다름'을 받아들인다면, 이전보다 더욱 행복해질 거라는 것을 알았노라고. 어머니, 만일 그때로 돌아갈 수 있다면 이렇게 제 자신에게 말하고 싶습니다.

'두려워하지 마. 너는 노란색의 그들과 다른 보랏빛이라는 색깔이 있어. 다른 색깔을 가졌기에 꿈꿀 수 있으며 더욱 용기를 낼 수 있지. 이제 당당하게 세상을 바라봐.'라고 말입니다.

아마도 어머니는 오래전부터 이 사실을 알고 있었기에 저와 누군가를 헛

되이 비교할 수 없었던 게지요. 저만의 색깔로 꿈을 찾아갈 수 있었던 힘, 저를 있는 그대로 사랑해 주신 어머니의 사랑이었습니다.

2015. 3. 3.

2

오늘은 제가 어린 시절 생생하게 기억하는 어머니의 모습을 이야기하고자 합니다. 가끔 잠들다 화장실을 다녀오면 어머니는 늦은 밤 바른 자세를 하고 책상 앞에 앉아 계셨습니다.

당시 어머니는 작은 스탠드 빛에 의지해서 부지런히 글을 옮겨 쓰고 있었습니다. 두꺼운 노트 안에 과연 어떤 내용이 있을까? 무척 궁금해졌습니다.

그러던 어느 날, 우연히 노트를 들여다봤습니다. 장인같이 흔들림 없는 글씨 하나하나가 제 눈에 경이롭고 놀라웠습니다. 어머니는 제게 이렇게 말했습니다.

"하나님의 말씀을 쓴 성경책이란다. 아이야, 언젠가 이걸 다 옮겨 쓸 거란다. 무슨 일이 있어도 내 너와 약속하마."

저는 그저 고개를 끄덕였지만, 하필 왜 성경책이어야 했는지 무엇이 어머니를 이끌게 했는지 의문이 들었습니다.

어떻게 된 일이었는지 그때의 어머니의 모습은 제 기억의 한 단편의 모습으로만 남게 되었습니다.

세월이 흐르고 이곳 아일랜드에 오니, 아무도 의지할 수 없는 타지 생활을

견딜 수 없었을 때, 자꾸만 의지하고 싶었던 것이 '성경책'이었습니다.

하나님의 말씀을 글로 옮겨 쓰다 보면 힘들고 외로운 것이 잊히지 않을까?

하얀 노트 안에 글이 빼곡히 채워질수록 그때의 어머니를 회상하게 되었습니다. 광명의 빛처럼 온 깨달음. 어머니는 그러셨습니다.

제 앞에서는 강한 모습을 보여 주셨지만 밤마다 남몰래 힘들어하셨습니다. 장애아를 바라보는 시선을 견뎌야 한다는 것은 세찬 바람을 뚫고 거친 광야에 나아가는 것과 같을 것입니다. 그때마다 어머니께서 의지할 수 있는 거라곤 성경책뿐이었음을……. 어머니는 이렇게 절박한 심정으로 고단한 삶을 위안받고자 했을 것입니다.

……아, 어머니, 철없는 마음에 홀로 장애를 안고 이 세상을 살아가고 있다고 생각했는데, 그 뒤에 저보다 더 큰 아픔을 끌어 안고 있던 존재가 있었습니다. 이제야 어머니의 사랑을 깨달았습니다. 어머니, 이제 제가 받아온 사랑, 이제 더 많은 사랑으로 갚아가겠습니다.

2014. 9. 10.

#3

오늘은 북아일랜드 끝자락 해안가에 있는 '아일랜드의 거인'이라는 신화가 있는 '코즈웨이'에 왔습니다. 영국령인 북아일랜드에 오니 아일랜드와 분단선 없이 자유롭게 교류하는 모습이 무척 새로웠습니다.

홀로 서녘에 있는 바위 위에 앉으니 저 멀리 안개 사이로 스코틀랜드가 보였습니다. 모나지 않은 은은한 바람만이 소리 없이 머리칼을 파고들었습니다.

코즈웨이의 기이하고 독특한 육각형 돌을 찰싹찰싹 치대는 파도를 하염없이 바라 보니 문득 소리를 듣지 못하는 이들이 생각났습니다.

이들에게 파도 소리가 어떤 모습으로 다가올지 궁금해졌습니다. 온갖 상상을 해도 도무지 표현할 수 없는 소리의 모습이었습니다.

'파도 소리는 시원한 사이다같이 들릴까?'

'따스한 햇살같이 들릴까?'

어떤 모습으로, 어떤 형태로, 어떤 색깔로 잉태하는 소리를 들을 수 있다는 것은 큰 축복이라는 생각이 들었습니다.

…… 그러나 이 바다를 진실로 바라보는 마음의 눈이 없다면, 그것은 축복이 아닐 것입니다.

어머니, 저는 바위 언저리에 모질고 거친 풍파 속에서 바스러질 듯이 피어 있는 연약하고 작은 노란 꽃을 보았습니다.

바다에 비해 한없이 작은 존재였지만, 꽃은 자신만의 소리를 분명히 전하고 있었습니다. 한 잎, 두 잎이 거친 파도 속에서도 용케도 버티고 있었습니다. 거대한 파도가 덮칠 수도 있는 험난한 세상 앞에 노란 꽃은 결코 흔들림이 없었습니다. 얼마나 단단한 인내심을 가졌길래 저렇게 노오란 빛들을 마구 쏟아 놓고도 변함없이 아름다울 수 있는 걸까요?

…… 오오 어머니, 저는 그 꽃이 영원히 그 빛을 잃지 않을 거라는 생각이 들었습니다. 모든 게 위험하고 힘겨워도 그 자리를 지켜 가고 있다는 것은

꽃이 살아 있음에 대한 증명이자, 존재이지 않겠어요?

비록 소리가 없어도 가만히 바라보는 것만으로 그들로부터 비밀스러운 언어를 이해할 수 있습니다. 오늘 꽃으로부터 배운 희망을 글을 통해 전합니다.

2014. 11. 20.

#4

제게 한국으로부터 기쁜 소식이 왔습니다. 바로 어머니의 김치가 도착했다는 소식이었습니다. 머나먼 타지에도 어머니의 김치를 맛볼 수 있다는 생각에 기뻐 바로 우체국으로 달려갔습니다.

마침내 받아온 김치, 버스를 타는 동안 혹여라도 냄새가 새어 나갈까 봐 노심초사했지만, 한편으로는 마음이 풍족하고 얼마나 행복하던지요.

집으로 오자마자, 바로 기대해 왔던 김치를 하나씩 찢어 입 안에 넣어 맛보았습니다. 다행히도 저 멀리 한달 내내 염분이 가득한 바다를 건너와서 그런지, 김치가 맛있게 잘 익어 있었습니다. 그 후로 냉장고에 넣어둔 김치를 마주할 때마다 저는 어머니를 향한 그리움에 잠시 잠기곤 했습니다.

낯선 아일랜드의 삶, 감자가 발에 밟히도록 흔한 나라이지만 조금이라도 기운을 낼 수 있던 것은 김치의 힘이었습니다.

그렇게 몇 달간 애지중지해 온 김치가 딱 한 포기만 남아 있었을 때, 장렬한 마음으로 찌개로 끓여 먹으며 혹시 어머니의 손맛이 영영 떠나는 것이 아닌지 슬퍼지기도 했습니다.

당신께서 베풀어 주신 그 따뜻한 손맛은 저 멀리에 계신 어머니와 저를 한시도 떨어지지 않게 끈끈하게 이어 주었습니다. 만일 고국으로 돌아가서 김치를 원 없이 먹는다 해도 그 시절의 김치를 영원히 잊지 못할 것입니다.

2015. 4. 5.

5

런던에서 있었던 재미있는 이야기를 보내 드립니다.

며칠 전, 제 죽마고우인 수어통역사 혜영이가 런던에 왔다는 소식을 들었습니다. 데이트 하기로 한 그날, 저는 오랜만에 분위기를 내고자 검은색의 베레모를 쓰고 갔지요. 리버풀역에 도착해 걸어가니, 고풍스러운 역 분위기에 마치 영화 속의 해리포터가 된 기분이었습니다. 설레는 기분도 잠시, 지하철이 출발하자마자 순식간에 모자가 벗겨지고 말았습니다.

허공 속으로 헤매는 모자를 애타게 바라보았지만, 모자는 결국 선로 위에 떨어지고 말았습니다. 그러자, 매너 있는 영국 신사가 달려와서 역무원에게 가야 한다고 귀띔해 주었습니다.

곧바로 역무원에게 가서 자초지종 설명하니, 시큰둥한 표정으로 "투모로우(Tomorrow)!" 하며 성가시다는 듯 말했습니다.

다음 날, 혜영이와 함께 모자를 찾으러 다시 역을 찾았습니다. 역무원이 모자를 찾으러 가는 사이, 저는 혜영이에게 당당하게 말했습니다.
"걱정 마, 찾기 쉬울 거야."
하지만, 다시 돌아온 역무원의 반응은 "도저히 못 찾겠어요." 하며 고개를 절레절레 흔드는 것입니다.

의외의 반응에 실망한 저는 결국 직접 찾기로 하고 꼬불꼬불한 좁고 어두운 길을 통과해 내 모자가 어디 있나 찾아보았습니다. 그런데, 작은 밀실에서 깜짝 놀랄 일이 벌어졌습니다.
아니, 진열장에 검은색의 베레모 모자가 수십 개나 죽 정렬되어 있는 게 아니겠어요? 이곳이 모자 백화점이 아닌가 할 정도로 주인을 잃은 수 많은 모자들이 우리를 기다리고 있었습니다. 어찌나 기가 막히던지 서로 말문이 막혀 웃음이 나왔답니다. 다행히도 제 모자는 맨 오른쪽에 있었습니다. 모자를 되찾았다는 기쁨에 아이처럼 좋아하는 내게 역무원이 호탕하게 웃으며 이렇게 말했습니다.
"역시 한국인이네요."
이 포기하지 않는 근성, 누가 어머니의 딸 아니랄까 봐요. 내심 뿌듯했습니다. 감사의 인사를 하고 돌아가는데 역무원이 "잠깐!" 하고 활짝 웃으며 "자, 숙녀분들, 여기 모자도 많은데 하나 더 가져가시죠?"

이렇게 말하는 게 아니겠습니까?

제 친구는 그렇게 깃털이 달려 있는 멋진 모자를 선물 받게 되었고 저까지 모자를 되찾게 되었으니 우리는 이런 놀랍고 재미있는 일상도 있구나 하고 아이처럼 깔깔댔습니다.

이 세상에서 멋진 모자를 쓴 우리 둘은 마치 찰리 채플린처럼 런던의 밤길을 신나게 걸어갔습니다. 그날, 반짝반짝 빛나는 '런던 아이'가 얼마나 황홀했는지 어머니는 상상하실 수 없을 것입니다.

그날 저녁, 혜영이와 대표적인 영국 음식인 피쉬 앤 칩스를 먹으러 전통 있는 식당에 갔는데 옛날 영국의 모습이 남아 있어 마치 과거로 돌아온 기분이었습니다. 그 분위기에 한껏 취해 음식을 빨리 주문하고 싶어졌습니다. 참고로 피쉬 앤 칩스는 생선튀김에 감자튀김을 곁들여 맥주와 함께 먹는 음식입니다. 생선튀김은 영국에서 많이 잡히는 대구나 가자미로 만든다고 합니다. 자리에 앉아 웨이터가 가져온 메뉴판을 보았습니다.

'Cod(대구)'

저는 대구라는 물고기 이름이 왠지 눈에 띄어 메모지에 적고 웨이터에게 전달했습니다. 몇 분이 지났을까, 웨이터가 메모지를 들고 돌아오며 압도적인 표정으로 "오 마이 갓!" 하며 손을 드는 제스처를 취하는 것이 아니겠습니까?

저와 혜영이는 무엇이 잘못된 게 아닌가 싶어 영문도 모른 채 멀뚱히 쳐다보고만 있었습니다. 그런 우리에게 웨이터가 메모지를 내밀어 보여 주었습니다.

'God(신)'

맙소사!

순간, 친구와 나는 웃음이 끊임없이 터져 나왔습니다. 이 메모장을 받아 본 주방장도 웨이터도 얼마나 황당했을지 그때를 생각만 해도 기가 막힙니다. 결국 웨이터가 철자를 다시 고쳐서 대구 요리를 내왔는데 주님이 절 위해 마련해 준 음식이 아닌가 할 정도로 정말 맛있었습니다.

그러면서 행복한 상상을 했습니다. 정말로 웨이터가 주님을 데리고 온다면 어떤 일이 벌어질까? 말입니다.

2015. 2. 5.

6

오늘은 아일랜드의 '패트릭 데이' 축제입니다. 너도나도 길가에 나와서 온통 초록색 물결로 물들이고 있습니다. 저에게 현지인과 문화 교류에 대해 이야기하는 기회가 생겨, 한국의 '하회탈'을 소개했습니다. 그러자 그들이 하나같이 눈을 동그랗게 뜨며 말했습니다.

"정말 너와 닮았어!"

눈꼬리가 내려가고 튀어나온 볼이 인상적인 하회탈을 보노라니 문득 제 어린 시절의 모습이 생각났습니다. 제가 어렸을 때는 들을 수 없어 사람들이 왜 웃고 있는지 의문을 가질 때가 많았습니다.

'갑자기 웃음이 터지면 못생기지 않을까?'
'마법처럼 사람을 변신시키는 웃음이라는 것이 뭘까?'
'생각해 왔던 것과 이상하게 달라서 웃음이 생기는 걸까?'

그 시절, 웃음이 무엇인지조차 몰랐습니다. 장애를 받아들이기 전까지 겪어야 했던 질풍노도의 시기. 마음이 고장 났을 때, 슬플 때, 외로울 때 웃어도 웃는 게 아니라고…… 생각했습니다. 어머니, 이렇게 슬프고 쓸쓸한 웃음이 존재하는 걸까요?

처음으로 크게 웃었던 날을 기억합니다. 대학에 들어와서 만난 첫사랑이 제게 말했습니다.

"넌 웃는 모습이 이 세상에서 가장 예뻐."

이에 감동받은 저는 고마운 마음에 그를 향해 자주 웃었고, 데이트 하는 날이면 아침마다 거울을 통해 꼭 미소를 확인했지요.

그러면서 저도 모르게 웃음이 늘기 시작했습니다.

이제야 내가 왜 웃게 되었는지 깨닫게 되었습니다.

그것은 사랑이었습니다.

사랑은 사람을 웃게 합니다. 웃음은 거저 얻는 것이 아닐 것입니다. 어디 그뿐이겠어요. 홀로 걸어온 고난의 길을 지나온 누군가의 미소는 온유하고 더욱 아름다워지기도 합니다.

살아가며, 웃음을 깨달아 갑니다.

진정한 마음으로 웃는 사람은 알 것입니다. 웃음이 어떤 것인지도 모를 정도로 힘든 시기가 있어도, 그럼에도 언젠가 웃을 날이 올 거라고 믿을 것입니다. 잔잔히 느껴집니다. 그 웃음이 좋아집니다. 시련을 딛고, 비로소 완성한 것이기에 더욱 사랑스럽습니다.

2015. 3. 17.

쉬어 가는 길

이니스프리 섬으로

- 윌리엄 버틀러 예이츠

나 이제 일어나 가리,

내 고향 이니스프리 섬으로 돌아가리,

나뭇가지 엮어 진흙 바른 작은 오두막집 짓고 아홉 이랑 콩을 심고, 꿀벌 통 하나 두고 벌들 잉잉대는 숲 속에 홀로 살으리.

평화는 천천히 내리는 것.

아침의 베일로부터 귀뚜라미 우는 곳에 이르기까지 한밤중에는 온통 반짝이는 빛

대낮은 자줏빛으로 타오르며 저녁엔 홍방울새 날갯소리 가득한 곳,

나 이제 일어나 가리, 밤이나 낮이나
호숫가의 잔물결 소리 듣고 있으니
한가득 기슭에서 찰싹이는 소리.
길 위에 있을 때나 잿빛 포도 위에서나
내 마음 깊숙이 그 물결 소리 들리네.

* 이 시는 아일랜드 '슬라이고'에 있는 섬을 배경으로 한 시로, 노선영 작가가
슬라이고를 여행하다 목가적인 풍경에 반해 가장 좋아하는 시가 되었다.

로라의 집

도전하고 실패해도 좋다.

다시 도전하고 더 나은 실패를 하라.

- 사무엘 베케트

아침부터 집을 나선 내 발걸음이 분주해졌다. 기차를 타고 더블린에서 떨어진 낯선 도시에 도착하니, 촉촉이 젖은 숲 속 공기가 코를 스쳤다. 검푸른 하늘에 조각구름이 빠르게 흘러가고 저 멀리에 성이 보였다.

잔가지들이 떠 있는 투명한 연못 위를 들여다보니, 들뜬 얼굴이 비쳤다. 도시 한가운데에는 거대한 나무가 있었다. 거친 발톱 같은 손을 하고 비틀어진 무릎을 가진 나무는 도시를 지켜온 수호신이었다.

이날, 아일랜드에서 어머니처럼 나를 보살펴 준, '로라'의 초대를 받아 그녀의 집을 찾아가고 있었다.

그녀가 처음 내게 수어로 말을 걸기 전까지, 첫인상은 마치 어린 소녀처럼 내부의 불꽃을 밖으로 품은 모습이었다. 부드러운 푸른 눈동자에 어우러진 크림색의 스웨터를 입고 연녹색의 손가방을 무릎 위에 올려 놓고서는 미소를 짓던, 그녀가 바로 로라였다.

　로라는 배우다운 재능을 가진 활달한 사람이었다. 그는 종종 내 앞에서 친구들 흉내를 똑같이 내어 나를 즐겁게 하기도 했다. 같은 단어를 로라가 수어로 말하면, 구수한 사투리같이 흥겨웠다. 청인들의 멸시를 받을 때면 그녀는 침착함을 유지한 채 최대한 우아한 미소를 띠고 "농인도 사람이에요."라고 수어로 말했다. (물론 청인이 로라의 수어를 알 수 없겠지만.)

　아일랜드 수어의 세계는 화려하고 환상적인 네온사인 속에 있는 것 같았다. 비록 서로 다른 나라에서 왔지만, 틈틈이 그 공기 속에 서로 하나가 되었음을 느낄 수 있었다. 가끔 우리가 길 위에서 나란히 걸어가면서 수어를 하면, 아이들이 알 수 없는 손짓으로 인사를 건네곤 했다. 그때마다 로라는 내게 이렇게 말하곤 했다.

　"인생의 큰 선물은 아이와 같은 순수함 속에 편견이 존재하지 않는 거야. 그들이 언젠가 깨닫는 날이 와도 그럼에도 난 아이들의 순수한 생각을 사랑한단다."

　어디서나 늘 유쾌한 로라를 볼 때마다 궁금해졌다. 저 당당한 자신감은 어디서 온 걸까? 분명 그녀에게 무언가 특별함이 있었다.

　두꺼운 양털 같은 축축한 안개를 벗어나니 집의 윤곽이 서서히 보이기 시작했다. 요란하지도 않고 단조로운 그들만의 세상이었다. 하천의 물은 사납게 범람했지만 주택가는 그와는 대조적으로 조용했다. 그 길에서 세 번째에 위치한 푸른 지붕을 가진 집이 로라의 집이었다. 잔디밭에는 반짝반짝 노란 별 같이 피어난 미나리아재비가 피었다.

만개한 장미 덤불이 있는 문을 열어 정원을 가로질러 걸어갔다. 문 앞에 도착하니 나뿐만 아니라 로라에게도 마찬가지일, 농인에게 최대의 난관인 '초인종'이 나를 기다리고 있었다. 손끝이 떨렸다.

'딩동딩동-'

얼마 지나지 않아, 문이 벌컥 열렸다. 익숙한 라일락 향기에 단번에 알아볼 수 있었다. 친근한 미소를 짓고 꽃무늬 원피스를 입고 머리를 곱게 단장한, 마치 들꽃 같은 모습의 로라였다.

로라는 나를 보자마자 활짝 웃으며 수어로 말했다. 오른손 검지, 중지, 약지의 세 손가락을 'W' 모양으로 펼쳐 왼손의 주먹 손등 위에 덮었다. '웰(Well)'. 그리고, 양손의 검지와 중지를 쳇바퀴처럼 돌려 말았다. '컴(Come)'. 그리고 다섯 개의 손가락을 모아 왼쪽 어깨에 댔다. '투(To)'. 주먹을 가슴에 대고 '마이(My)'. 양손의 엄지와 검지를 오케이 모양으로 한 다음 서로 끼어 원고리를 만들었다. '홈(Home)'.

'웰 컴 투 마이 홈 (우리 집에 온 것을 환영합니다).'

이방인 세계에서 외로웠을 내게 로라가 건넨 따뜻한 한마디였다. 로라가 내 손을 잡고 집안 어디론가로 이끌었다. 거실 안쪽에 도착하니 양탄자의 부드러운 촉감이 발 밑으로 느껴졌다.

현관 입구에는 큰 거울이 있었고, 옆 탁상에 카라 꽃병과 고전풍의 탁상시계가 진열되어 있었다. 거실은 영어 자막이 나오는 옛날 텔레비전이 있었고, 중세 고가구들로 인해 매력적인 모습이었다. 커다란 통 유리창에 햇빛이 가득히 집안을 채웠다.

"거실이나 정원에서도, 심지어 주방에서도 수어를 볼 수 있지."

로라가 수어로 말했다. 나는 벽이나 기둥이라는 제약 없이, 자유롭게 수어로 대화는 모습을 상상할 수 있었다.

거실에는 여기저기 장식물로 된 나비가 가득했다. 화분에도, 서랍장에도, 액자에도 넘쳐났다.

"로라, 나비에 대한 어떤 사연이라도 있나요?"

내가 물었다.

"비록 소리를 들을 수 없는 나비이지만, 우리에게 희망을 주고 다양한 날개의 모습을 보여주기 때문이야."

그제야 나는 로라의 그 깊은 뜻을 알 수 있었다. 언젠가 로라에게 나비를 선물하고 싶었다. 이 세상에서 가장 아름다운 날개를 가진 나비를.

곧이어, 누군가가 거실 안으로 들어왔다.

요란스럽지 않은 행동과 구레나룻의 하얀 수염이 인상적이었다.

로라가 말했다.

"여기 내 남편이야."

"안녕하세요."

그는 내 인사에 머쓱한 미소로 대신했다. 서먹한 기운이 감돌자 로라가 말했다.

"이 영감은 저녁이 되면 펍에 가서 기네스를 마시고 집으로 돌아오곤 하지. 어쨌든."

로라가 짓궂은 표정으로 내게 물었다.

"아참! 아까 오면서 내가 초인종 소리를 들었을 거라고 생각했니?"

내가 고개를 흔들고, 양손을 들며 대답했다.

"전혀 상상 못했죠. 만약 문이 계속 안 열리면, 옆집에 물어볼 생각까지 다 했다니까요!"

그러자, 로라가 고개를 젖히더니 깔깔대며 말했다.

"네게 꼭 보여 주고 싶은 것이 있어."

로라가 계단 밑의 구리로 되어 있는 사각형 모양 등불을 가리키고서는, 나를 보고 기다리라고 한 뒤 현관문을 향해 경쾌하게 걸어갔다.

거실에 혼자 남겨진 동안, 곧 무슨 일이 일어날 것 같은 예감이 들었다. 그 순간 천장으로부터 수많은 빛이 쏟아지기 시작했다. 반짝이는 것들이 별처럼 계속 깜박였다. 마치 우주의 세계에 온 것 같았다. 이 등불은 30년 전, 로라의 남편이 초인종 소리를 듣지 못하는 그녀를 위해 만든 것이라고 했다. 그래서일까 로라에게 이 등불은 암흑의 세계 속 '등대'가 되어 주는 실낱같은 빛이라고 했다. 사실 로라는 살아가는 데 있어 '불편함'이 없었다. 단지 남들과 '다른 방법'으로 살아가고 있었던 것이다.

거실을 다시 한번 둘러보니, 한 곳에 액자들이 모여 있었다. 로라가 한 액자를 가리키며 말했다. 누가 따로 말하지 않으면 지극히 평범한 청인의 모습을 한 가족들이었다.

"여기 외할아버지의 아버지, 우리는 농인 패밀리란다."

"농인 패밀리라고요?"

내가 놀란 채 수어로 되물었다. 그러자, 로라가 고개를 끄덕이며 말했다. 로라가 농인 패밀리의 한 구성원이었음을 알게 되자 그녀의 자신감이 어디서 나왔는지 알 수 있었다.

로라는 농인 패밀리 안에 태어난 것을 오히려 기쁘게 받아들이고 이를 당당하게 드러냈다. 비록 모두가 멸시하고 비웃는다 해도 늘 자신의 가족을 자랑스러워했다. 비록 소외 당해도, 차가운 시선을 받아도, 그녀에게는 자신과 같은 소수 언어를 쓰는 가족이 있다. 로라가 자기 자신을 잃지 않고 굳건하게 지킬 수 있었던 것은 연민과 고통을 나눌 수 있는 '가족'이라는 존재 덕분이었다.

잠시 후에 로라의 가족들이 들어오기 시작했다. 바깥에서 참아왔던 대화의 욕구를 터뜨리기라도 하는 걸까? 그들의 대화는 쉴 새 없이 오갔다. 듣고 말할 수 있는 청인 가족 사이에 대화가 단절되기 쉬운 요즘과 다른 모습이었다.

그들의 표정은 매우 유쾌했으며 '농'으로 인한 그 어떤 슬픔과 좌절도 그들을 사로잡지 않는 것 같았다. '로라의 집'이야말로 그들에게 이 세상의 따가운 시선으로부터 보호받을 수 있는 안식처가 아니었을까?

마지막으로 들어온 가족은 로라의 하나뿐인 딸이었다.

"아만다라고 해요."

그녀가 내게 적극적으로 악수를 청했다. 그녀에게서 농인의 눈빛이 느껴졌다. 시원시원하고 밝은 성격과 저 당돌한 몸짓. 나는 자연스럽게 그녀가 농인일 거라는 생각이 들었다. 하지만 자연스럽게 통화를 하는 모습에 당황스러웠다. 로라가 재미있다는 듯이 웃으며 말했다.

"하하. 누구라도 그렇게 속지."

농인 패밀리 사이에 유일하게 청인으로 태어난 '코다(CODA)'로서 수어 통역사로 활동하는 아만다가 내게 말했다.

"저는 간혹 스스로가 농인이라고 느껴져요. 사랑스러운 가족에 소속되었다는 기분으로 난 행복하죠. 소통하는 수단이 다를 뿐, 그들이 나를 사랑하는 감정은 다르지 않으니까요."

그날 밤, 로라의 가족들이 저녁 만찬을 준비했다. 로라의 남편 역시 칼질하고 설거지를 하며 주방 일에 참여했다. 내 눈엔 낯선 풍경이었다. 의아해하는 내게 로라가 말했다.

"가사일은 더이상 여자들만의 영역이 아니잖아. 우린 꽤 오래전부터 같이 음식을 준비하고 있지."

아일랜드는 남녀 성 평등 의식 수준이 매우 높은 나라다. 그들은 레시피 따위는 보지 않는다는 듯이 부엌에서 신들린 듯이 요리했다. 일상생활 속에서도 끊임없이 손가락을 움직이기 때문일까, 재료를 매만지는 실력이 예사롭지 않아 보였다.

얼마 지나지 않아 식탁 위에 구수한 냄새의 구운 통 칠면조, 버터를 미리 발라 둔 껍질째 구운 감자, 삶은 당근을 곁들인 요리가 나오기 시작했다. 온 가족들이 맛있는 냄새에 모여들더니 이내 한시도 쉴 틈 없이 부지런히 손을 움직여 와인 잔을 쓰러뜨리기도 했다. 로라가 식탁 위를 탁탁 치며 일어서도 아랑곳하지 않았다.

그때 로라의 표정이 압도적이었다. 로라의 시선이 나와 맞닥뜨리자, '내게 좋은 방법이 있지.' 하며, 윙크를 했다.

그러더니 양쪽 손바닥을 펼쳐 엄지를 관자놀이에 붙였다. 마치 사슴 뿔 같았다.

그 순간! 소란했던 분위기가 순식간에 물을 끼얹듯이 조용해졌다. 가족들 모두가 사슴 뿔을 하며 대화를 중단한 것이 아닌가?

'옳지 그렇지.'

로라는 근엄한 표정을 지었다. 로라가 나를 그들에게 소개했다. 로라가 앉기 전에도 그들은 무슨 말을 하고 싶은지 끊임없이 대화를 나눴다.

식사를 마치고 문 밖을 나서면서 그들에게 작별인사를 했다.

"고마워요, 다음에는 멋진 나비와 함께 올게요!"

뒤돌아보니, 배웅하는 그들의 손짓이 마치 반짝이는 나비떼의 날개 같았다.

집으로 돌아가는 길, 마치 한여름 밤의 꿈을 꾸는 것 같았다. 축축한 안개비 사이로 고풍스러운 오렌지색의 등불이 신비로운 빛을 발하는 길을 걸어갔다. 어둠 속에서 유난히 밝게 비추던 등의 모습은 언제까지나 내 마음 속에 남아 있을 것이라는 생각이 들었다. 로라와 나, 우리 사이에 '농인'이라는 교집합이 있었으며 이는 서로를 더욱 밀접하게 연결시켰다. 등불처럼, 내게 정신적인 깊은 교감을 준 로라. 로라는 앞으로 내 가슴에 영롱한 빛을 간직한 나비로 남을 것이다.

이것이 아이리시 인생이다

어두워져 가는 황혼의 풍경은 얼마나 사람의 마음을 매혹시키는가!
서서히 어둠 속으로 잠겨 들어가는 에른의 마지막 풍경.
가슴을 파고드는 석양의 종소리.
– 제임스 조이스의 《율리시스》 중에서

집을 나서니 별안간 비가 쏟아졌다. 아까만 해도 해가 쨍쨍했는데 말이다. '하루에 사계절이 다 있구나.'라고 중얼거리며 기분 좋게 오랜 친구와 함께 맞춘 우정의 증표인 우산을 들었다. 이 우산은 이곳, 아일랜드에 오기 전날 밤 친구와 함께 똑같은 우산으로 맞춘 우정의 증표였다. 그녀가 내게 수어로 말했던 때를 잊지 못한다.

"있잖아. 아일랜드라는 곳이 비가 자주 내린대. 그래서 이 우산이 네게 작은 방패가 되어줬으면 좋겠어. 우산은 잃어버리기 쉽지만, 이 우산만큼은 절대 잃어버리지 않기로 나랑 약속해."

먼 길을 떠나는 나를 걱정해 주는 친구의 사랑과 특별한 마음이 담긴 인사였다.

이제야 고백한다. 아일랜드에서 딱 한 번 우산을 잃어버린 적이 있다. 하루 반나절 동안 찾은 결과, 되찾게 되었는데 그때 우산에서 미처 보지 못했던 '글'이 있었다.

'카르페 디엠(carpe diem)
살고 있는 지금 이 순간을 즐겨라.'

우산을 다시 찾았다는 기쁨과 더불어 친구가 먼 타지로 떠나는 나를 생각해 준 마음에, 고마운 생각이 들어 눈가가 촉촉해졌다. 이후로 나는 우산을 들 때마다 무엇을 하든 오직 축제처럼 즐기겠다는 용기를 얻을 수 있었다.

우산을 들고 골목길을 재빠르게 걸어가는 동안 문득, 더블린 특유의 느린 소나타 같은 시간 속에서 내가 바라본 세상, 아일랜드. 그 안의 인생이 궁금해졌다.

도시의 이정표가 되어 주는 '스파이어' 첨탑을 따라가니 고색창연한 건물이 하나 둘씩 드러나기 시작했다. 더블린을 대표하는 '오코넬 스트릿'이었다. 더블린의 현관문은 제각기 다른 색으로 칠해져 있다. 초록 문은 들판으로 들어가는 집, 파란 문은 바다로 들어가는 집. 검은 문은 우주로 들어가는 집……. 좋아하는 색깔로 현관문을 칠해 집의 정체성을 보여주며 내게 상상력과 영감을 주었다.

길 건너편에 이층 버스가 얼굴을 내밀었다. 버스가 멈추고, 와인 잔처럼 아슬아슬하게 기울어졌다.

휠체어를 탄 학생이 버스 기사에게 "Cheers(고마워요)."라고 말하면서 내렸다. 학생이 내릴 때까지 뒤에서 기다리던 키 큰 남자 역시, "Cheers!" 하며 내렸다. 높은 구두를 신은 한 여자도 손을 까닥거리며 "Cheers!"라고 말하고 내렸다. 버스에서 내릴 때마다 인종, 성별 상관없이 심지어 이방인까지 모든 사람들이 "Cheers!"라고 말했다. 누구도 강요하지 않았는데 오랫동안 사회적으로 자연스럽게 정착된 문화라고 했다. 마음이 시나브로 따뜻해지는 '치어스 문화'는 아이리시 인생이 가지고 있는 독특한 문화였다.

버스로 지나가면서 어느 카페 앞 간판에 한땀 한땀 글을 그리는 청년을 보았다. 유리창에 비치는 책을 읽는 풍경, 칙칙한 잿빛의 하늘, 멀리 보이는 하이네켄 건물……. 나를 스쳐가는 '더블리너'들은 익숙한 듯이 빗속을 조용히 걷고 있었다.

'비 맞아도 괜찮아. 어차피 해는 금방 뜨니까…….'

무심한 듯이 비를 맞고 있는 그들은 내게 무언의 메시지를 전하고 있었다.

계속해서 길을 걸어갔다. 트리니티 대학 삼거리에 '스위니(SWENY)'라는 금박으로 새겨 있는 오래된 약국이 보였다.

삐그덕대는 문을 열고 들어오니 19세기 더블리너들의 손때가 묻은 오래된 나무 약통 상자와 연고통, 저울 위에는 레몬비누가 올려져 있다. 역사를 다시 되돌리는 것 같은 그 힘의 중압감에 맥을 추리지 못할 정도였다. 차갑기만 한 박물관보다 더욱 애잔하고 인간적인 풍경들. 흥분의 장소에서 조심스레 그 풍경을 돌아보았다.

그날은 사람들이 둘러 모여 《피네건의 경야》를 돌아가며 낭독하고 있었다. 그들의 표정은 자신의 혼이 하나의 페이지 안에 머물러 있다는 것만으로도 짜릿한 듯했다. 어느새 나 역시 이런 분위기에 매료되었다.

약국 주인이 입구에서부터 나를 보더니 책을 읽다 말고 씨익 웃으며 말했다.

"You are welcome."

약사 할아버지는 세기를 거쳐 이곳 스위니 약국을 변함없이 지키면서 제임스 조이스의 책을 통해 그의 혼을 알리고 있다 했다.

"아일랜드에는 약국이든 어디서든 누구나 책을 읽을 수 있는 문화가 있단다."

약사가 내게 《율리시스》의 한국어 버전 책을 건넸다.

"많은 외국인들이 와서 자신의 나라의 언어로 번역되어 있는 조이스의 책을 기부하고 가지."

그가 말했다.

《율리시스》를 읽고 약국을 나오니 어느새 초저녁이 되어 있었다. 그러자 골목가에 조용히 잠들고 있었던 펍의 불이 켜지기 시작했다. 펍 창문 틈으로부터 더블리너들은 누군가에게 확인 받고자 하는 것 없이 흥겹게 떠들고 있었다.

골목을 지나 리피강 강변을 따라 항구 쪽으로 걸어갔다. 숨죽이고 리피강의 세상을 바라보았다. '커스텀 하우스'의 주황 조명으로 반사되어 반딧불처럼 총총히 반짝이고 있었다. 보석같이 출렁이는 강, 작은 바람까지 서정적이었다.

고즈넉한 풍경 속의 누군가가 선착장 위에 앉아 시인처럼 고요한 자세로 강을 바라보고 있었다. 세상의 소리에도 아랑곳하지 않고 혼자만의 세계에 깊이 빠져들듯이. 달빛이 수면 위로 어슴푸레 빛나 그의 영혼을 밝히고 있었다. 말하지 않아도 그의 작은 몸짓에서 무언가가 느껴졌다.

'여전히 나와 당신 그리고 우리의 삶을 존경합니다.'

마침내 내 마음까지 고스란히 물들이던……. 아! 더블린, 누군가를 향한 잣대를 느낄 수 없는 담백하고 느린 도시, 그 어느 때보다 꿈 같은 기록이었다.

더블린의 크리스마스

실수하며 보낸 인생은
아무것도 하지 않고 보낸 인생보다
훨씬 존경스러울 뿐 아니라 훨씬 더 유용하다.

- 조지 버나드 쇼

누구보다 외로울 크리스마스 날, 밖에 나오니 길이 쓸쓸히 비어 있었다. 지금의 내 마음을 대변하는 걸까. 쓸쓸함을 잊고자 정처 없이 걸어가니 '제임슨 아이리시' 위스키 공장의 굴뚝이 있는 '스미스필드' 마을이 보였다. 방향을 바꿔 걸어가니 으스스한 구름에 비가 내릴 것 같은 예감이 들었다. 다행히도 근처에 크리스마스 벼룩시장이 열리고 있었다. 입구에 들어서니 시장 안은 오렌지색 전구와 사람들의 유쾌한 표정으로 가득 채워져 있었다.

골동품들은 보물선에 있다가 마침내 빛을 만난 듯이 자신을 찬란하게 드러내고 있었다. 신비로운 동화 속을 모험하면서 벼룩시장에 매료되어 주변을 돌아보았다. 오래된 궁전에 있을 법한 회중시계부터 시작해서 복고풍의 선명한 색채를 띤 의상들, 연분홍색의 실타래로 감싼 펌프에 데이지 꽃이 달려 있는 향수병은 중세시대의 여인이 사용한 것 같았다.

진기한 골동품들은 계속해서 나의 상상 속 불꽃을 사방까지 튀어 나가게

했다. 그중, 시간이 멈춘 회중시계가 눈에 띄었다. 그가 힘이 빠진 채 말했다.

"난 버려졌기 때문에 쓸모 없어."

이번에는 줄이 빠진 목걸이가 말했다.

"나도 무언가를 이어 줄 줄이 없어. 그래서, 희망을 잃은 기분이야."

그러자, 보석상자가 말했다.

"아무도 나를 채우지 않으니 늘 공허하고 허전해."

그들은 저마다 슬픈 목소리로 내게 외치고 있었다. 그러자, 조용히 구석에 있던 금색의 기품 있는 거울이 말했다.

"난 슬프지 않은걸. 오히려 새로운 장소로 모험하면서 더 많은 것을 보았어. 내가 비쳐준 사람들은 어떤 모습을 하고 있든 모두 아름다웠어. 그들의 내면까지 비쳐주면서 무척 행복했지."

크리스마스의 밤은 끝나가고 있었지만 주위를 좀 더 맴돌기로 했다.

거울이 말한, 어쩌면 내게도 있을 이야기가 있을 것 같았다. 천천히 돌아보니, 우연히 한 진열대에 있는 가방들이 눈에 띄었다.

섬세하게 박힌 꽃 모양 자수, 천 조각을 덧댄 아플리케, 뜨개질, 카멜 가죽의 가방들. 야생화로 뒤덮인 뜰 같은 모습이었다. 특히, 나의 시선은 낡고 바래진 조각보처럼 기워 만든 패치워크 가방에 눈이 갔다.

그 가방은 희미해진 기억을 먼 곳으로부터 가지고 오게 해 유년기 시절을 떠올리게 했다.

내가 작은 소녀였을 때, 언니와 소통을 할 때마다 밤 늦게 목소리를 크게 내 대화를 나누곤 했다. 당시 소리가 무엇인지도 몰라 어떻게 낮춰야 하는

지도 잘 몰랐다. 그럴 때면 자다 일어난 어머니가 방으로 들어와서 조용히 하라고 나무랐다. 그러자 꿈결의 이야기가 끝날지도 모른다는 생각을 했다.

"언니, 우리 밤에도 대화할 수 없는 거야?"

내가 언니에게 물었다.

"그럴 리가 없어. 앞으로 우리가 계속 대화하려면 새로운 모험을 해야 해."

언니의 표정은 점점 결연해졌다. 그러더니 벌떡 일어나서 발끝을 세우고 맨 위 서랍을 열었다.

언니는 패치워크의 이불을 꺼내 바닥 위에 펼치고 옷장 문고리에 단단하게 묶더니 텐트를 만들기 시작했다. 그러는 동안, 새로운 모험을 하고 있는 것 같았다. 언니가 불현듯 생각났다는 듯이 말했다.

"저 서랍장에 있는 손전등 가져와."

내가 손전등을 가지러 가는 사이, 어느새 이불 텐트가 완성되었다.

언니는 기분이 좋아 보였다. 언니가 먼저 이불 텐트에 몸을 접고 꾸역꾸역 들어갔다.

"자 이제 되었어. 들어와."

언니가 내게 손짓을 했다.

마침내 우리가 이불 텐트에 들어가자, 텐트가 쿵 하고 떨어지지 않을까 불안할 정도로 흔들렸다. 잠시 후, 언니가 손전등을 꺼내더니 수어를 하며 입술을 천천히 움직였다.

"보이니? 내 손과 입술."

내가 고개를 끄덕였다.

"응 보여."

그러자, 언니가 나를 보며 빙그레 웃었다.

"마침내 해냈어!"

소리를 내지 않아도 이룰 수 있는 또 하나의 소통을 해냈다는 생각에 우리는 어떠한 설명도 없이 간지럼을 태우며 자지러지게 웃었다.

그날부터 언니의 이불 텐트 놀이는 멈추지 않았다. 가끔 바닥에 쿵 내려앉을 때면 신기루같은 꿈에서 벗어난 것 같았다.

이후로 언니는 이불 텐트 안에서 옛날 이야기와 동화책, 때로는 어른들의 세계를 이야기해 주기도 했다. 이제 엄마도 더 이상 방에 들어와서 나무라지 않았다. 우리는 더욱 신이 나서 밤하늘의 별처럼 밤을 지새우곤 했다.

'이불 텐트'를 통해 내 언니에게서 한 가지 이야기를 배울 수 있었다. 주어진 장애물에 굴하지 않고 도전을 한다면, 그 어떠한 것이라도 뛰어넘을 수 있다는 것을.

벼룩시장을 나와 반짝이는 전구로 덮여 있는 그라프톤 스트릿을 향해 걸어갔다. 크리스마스 캐롤을 부르고 있는 사람들의 활기찬 모습이 느껴졌다. 깜깜한 밤 하늘이 반짝반짝 빛나고 내 마음 한편엔 선물이 있었다. 예고 없이 받은 선물에 더 없이 즐거운 날이었다.

보리밭을 흔드는 바람

합리적인 사람은 세상에 자신을 맞춘다.
비합리적인 사람은 집요하게
세상을 자신에게 맞추려고 노력한다.
따라서 모든 진보는 비합리적인 사람에게 달려 있다.
- 조지 버나드 쇼

　오랜만에 보랏빛 자전거를 세상 밖으로 이끌었던 그날은 유난히도 햇빛
이 쏟아졌다.
　하지만 오랜만에 세상의 빛을 본 자전거는 바퀴가 고장 난 상태였다. 집
앞에 있는 자전거 상점에 들르니, 누군가가 기름이 묻은 손으로 자전거를
고치고 있었다.
　"실례······ 합니······ 다."
　기어들어 가는 목소리로 인기척을 내보지만, 아저씨는 보는 둥 마는 둥 성
가신 표정이다. 왠지 모를 도전의식이 생겼다.
　"자전거 바퀴가 고장 났어요."
　최선을 다해 손발을 쓰며 소통하고자 하는 내 모습에 아저씨의 굳어 있던
표정이 풀린 것 같았다.
　"자, 어디 봅시다."

공구로 어긋난 체인도 맞춰 주며 오일도 칠해 주니, 자전거의 구색이 점점 갖춰졌다. 바퀴에 공기를 넣고 마무리하려는 아저씨에게 수리비를 물어보니 그가 윙크하며 말했다.

"오늘은 공짜!"

기분이 좋아져 설레는 마음으로 자전거를 타니, 유럽에서 가장 큰 공원인 피닉스 공원이 생각났다.

'사슴이 있는 그곳으로 떠나자.'

새로 태어난 보랏빛 자전거는 이전보다 더 가벼워진 몸으로 쌩쌩 달렸다.

공원 언저리에 도착하니, 작은 언덕이 보였다. 고개 너머로 올라가니 보리밭이 펼쳐져 있었다. 하늘이 보리밭에게 말없이 입맞춤을 하는 것 같이, 하늘과 보리밭은 가까이 있었다. 아스라이 보이는 언덕 기슭까지 해면처럼 출렁거렸다.

시원한 선들바람이 머리카락 사이에 스며들었다. 보리밭의 이삭들은 부드럽게, 넘실넘실 흔들며 부드러운 음악을 보여 주고 있었다. 짓이겨진 내 영혼에 불어 주던 내 마음속 풍요로운 보리밭.

보리밭 너머 보이는 도로에 한 선수가 핸드 사이클을 몰고 있었다. 그는 오로지 두 손으로 사이클 바퀴를 돌리고 있었다. 점점 붉어지는 얼굴과, 정직해 보이는 팔 근육에 핏줄이 터질락 말락 했다.

그는 아무리 힘들어도, 누군가의 도움 없이 자신만의 힘으로 가쁜 숨을 내뿜으며 사이클을 몰고 있었다. 그런 그를 사람들이 지켜보고 있었다.

그러나, 그는 시선에 아랑곳하지 않고 전력을 다해 언덕을 힘차게 올라가고 있었다. 자신의 정체성이 확고할 뿐만 아니라, 삶에 대해 당당한 모습이었다.

마침내 그가 정상에 이르자 고비를 넘은 그의 뒷모습에서 '무언의 메시지'를 읽을 수 있었다.

'이 세상에 왜 자전거는 똑같아야 한다고 생각할까요? 자전거를 꼭 다리로 타야 한다는 법은 없습니다. 단지, 그들이 나를 바라 보는 시선이 조금 낮아졌을 뿐입니다. 어떤 시선을 보내든 그 시선에 가둔다는 것은 더 두려운 일입니다. 그래서 앞을 향해 달려가고 있는 것입니다.'

자전거를 멈춘 채 그가 아득하게 사라질 때까지 그의 뒷모습을 한참이나 바라보았다. 온몸으로 전한 그의 메시지는 내 영혼의 창을 세차게 두드렸다. 그리고 희망의 바람으로서, 자유의 바람으로서, 그리고 보리밭을 흔드는 바람이 나를 향해 불고 있었다.

고요한 여정

우물쭈물하다가 내 이럴 줄 알았지!

- 조지 버나드 쇼

아일랜드에 살면서 종종 집을 떠나기도 했다. 멀리 떠난다는 것이 아니라, 더 많은 것을 연결할 수 있는 집 주변 골목을 탐색하며 걸어가는 것으로 시작했다.

그날은 아주 우연하게도 나의 고요한 여정이 시작되었다. 옷깃을 단단히 여민 뒤, 집을 나서니 밤새 머물던 찬 공기가 얼굴을 스쳐갔다. 길 위에는 갓 탄생한 새벽의 아지랑이가 올라와 고요한 에너지를 내뿜고 있었다.

'온 세상이 고요하여도 정신이 깨어 있다면 더 많은 것을 느낄 수 있어.'

뿌예진 시야 속에 곧 두 사람의 실루엣이 바람처럼 스쳐갔다. 서둘러 사진기를 꺼내 그날의 새벽을 담아 보았다.

'철컥-'

사진기에 댄 피부에 작은 파동이 느껴졌다. 연신 참아온 숨을 크게 내쉬었다.

고개를 들어, '성 패트릭 성당'의 꼭대기에 아로새긴 시계를 보았다. 초마다 한 올씩 정성스럽게 움직이고 있던, 금빛 시침이 말했다.

'오늘은 몇 시 몇 분인지 알려주지 않을 거예요.'

서두르지 않아도 된다고 그가 말했다. 그날의 새벽이 부쩍 길어진 것 같았다.

삼거리 왼쪽 길에는 부티크 갤러리들이 줄 지어 서 있다.

유리창은 새벽의 아지랑이로 축축히 젖어 있었다. 갤러리 안의 물건들을 시선으로 하나하나씩 매만져 보았다.

나의 시선은 금색 띠가 둘러 있는 머핀 모양의 거울에 멈춰 있었다. 거울 구석에 베레모와 청자켓에 걸쳐 입은 베이지색의 야상. 그리고 화장기 없는 얼굴이 보였다.

거울이 내게 물었다.

'만일 네가 다른 나라에서 태어났더라면 어떤 모습이었을까?'

'만일 네가 들을 수 있었다면 과연 이곳에 올 수 있었을까?'

나는 흔들림 없는 눈빛으로 거울에게 대답했다.

'난 그저 당신이 비쳐주는 내 모습 그대로 삶을 만들어 가고 있어요.'

조금 더 걸어가니 한 카페가 눈에 띄었다. 사파이어색의 드레스 한 벌이 문 앞에 걸려 있었다. 어깨 모양이 풍성한 드레스가 바람에 너풀거리며 말했다.

'어서 환상의 동화 속으로 놀러 와.'

마치 무언가에 이끌린 듯이 앞으로 걸어갔다. 그 순간, 마차가 지나가고 있었다. '신데렐라' 동화 속에 빠진 듯한 착각이 들었다. 하지만, 마부는 아직

취기가 남아 있는 듯한 모습이었다.

'데임 스트릿'을 향해 걸어가니, 버스들이 줄이어 졸음이 가시지 않은 사람들을 토해 내고 있었다.

그 순간, 하늘에서 빗방울이 떨어졌다. 그러자 사람들이 너도나도 우산을 들기 시작했다. 색색의 우산들로 인해 도시가 화려해지고 생동감이 넘쳐났다.

데임 스트릿의 중심가를 걸어가니 우연히 한 세기 동안 오래 자리를 지켜온 한 상점이 보였다. 유리창 안에 진열되어 있는 만년필의 뾰족한 닙이 조명에 반사되어 반짝였다.

무언가에 이끌린 듯이 상점 안으로 들어갔다.

오트밀 색의 묵직한 문을 힘껏 열자, 차마 범접할 수 없는 오랜 세기를 거친 중후한 아우라가 느껴졌다. 책장에는 고전식으로 묶은 누렇게 변한 책들이 말끔하게 꽂혀 있었다. 촛농 도장이 가지런히 정리되어 지켜만 봐도 기분이 좋아졌다.

내가 들어오자 누군가가 아무 말 없이 일어서더니, 유리 진열장 안의 만년필을 꺼내 닙 안에 잉크를 채우고 내게 건넸다. 만년필을 조심스레 들어 보았다. 한 획 한 획씩 부드럽게 흐르는 듯이 쓰는 동안 더욱 자세히 보았다.

다른 어떤 것으로 치환될 수 없는 존재, 고유의 관계 만년필과 잉크. 지금 이 순간에도 수많은 목소리들이 쉽게 사라지고 있지만, 그들은 마르지 않는 샘물처럼 종이 위에 글씨를 새기며 영원히 간직하고 있었다.

이들로 인해 세상의 값진 말과 귀한 글들이 모일 수 있게 내면의 길을 터주고 있는 수많은 텍스트가 새롭게 태어나고 있다. 만년필과 잉크, 우리가 이 세상에서 결코 놓칠 수 없는 존재가 아닐까?

 상점 밖으로 나오니 꿈 속의 에메랄드와 루비 빛을 띤 호수가 고요하게 펼쳐진 곳에 서 있는 것 같았다. 이내 눈을 감고 숨을 들이마셨다. 다시 눈을 뜨니, 멀지 않은 곳에 '켈즈 복음서'가 있는 트리니티 대학이 보였다. 그리고 고요한 여정은 늘 위대했다.

천국은 고요했다

역사가 되풀이되고 예상치 못한 일이 반복해서 일어난다면

인간은 얼마나 경험에서 배울 줄 모르는 존재인가!

– 조지 버나드 쇼

오늘은 작가학교에 가는 날이다. 비 오는 길을 뚫고 찾아간 건물은 이야기가 살아 있을 것 같은 신비로운 모습이었다. 오랜 세월을 간직한 벽돌 틈에는 정겨운 이끼가 끼어 있었다. 건물 안에 들어서니 두꺼운 양탄자의 보드라운 촉감과 깊은 어둠이 나를 맞이하고 있었다. 나선형의 계단을 따라 올라가니 기상천외한 그림 액자들이 걸려 있었다.

창밖을 보니 이미 어둑해져 있었다. 발소리가 새나갈까 조심스레 올라갔다. 적막한 분위기 속, 사람들이 등불 아래에서 책을 읽고 있었다. 높은 책장이 그들을 감싸 주었고, 연륜이 쌓인 그들은 상상력으로 반짝이고 있었다. 강의실 안에는 여인들과 흰 수염을 한 할아버지와 중절모를 쓴 한 사내가 있었다.

여인들 중에 한 명이 눈에 띄었다. 벨파스트에서 온 그녀는 양모의 검붉은 천으로 어깨를 감싼 채 팔짱을 끼고 있었다. 가운데 가르마를 타서 더욱 튀

어나와 보이는 이마 위에 곱슬곱슬한 머리카락이 흩어져 있었다. 그녀는 누구도 깨트릴 수 없는 두꺼운 방패가 서려 있는 눈빛으로 연거푸 고개를 흔들며 나를 보고 있었다. 그 눈빛은 '왔어. 내가 말한 귀머거리 여자가.'라고 말하는 것 같았다.

이윽고 마이크 교수가 인사를 하며 요란하게 들어왔다. 분위기가 가라앉자, 마이크 교수는 당황한 기색이 역력했다. 수업은 계속해서 흘러갔지만 내가 들을 수 있는 단어조차 없었다.

어찌되었든 간에 그들의 세계에 편입할 수 없는 세상은 절망이었다.

문득, 내가 7살이었을 때의 일이 떠올랐다.

"이 아이는 들을 수 없기 때문에 글을 쓰거나 읽는 것이 불가능합니다."

누군가가 어머니에게 말했던 일. 하지만, 어머니는 포기하지 않았다. 그리고 내게 말했다.

"느리게 성장한다고 부끄러워 말고 오히려 멈춤을 두려워해야 한다. 무슨 일이 있어도 너는 글을 쓸 수 있다."라고.

그 후로 글을 쓰겠다는 내 평생의 열정이 타오르기 시작했다. 나는 청인과 다른 방법으로 세상을 배워가야 했다. 글쓰기도 그중에 하나였다. 하지만, 글은 내게 물리적으로 장애를 극복하기 위한 수단이 아니었다. 목소리를 들을 수 없는 대신, 소리에 방해 받지 않고 생각과 느낌들을 글로 마음껏 표현할 수 있다는 것이 내게 얼마나 뜨끈한 위로가 되었던가!

깊은 어둠 속에 올가미가 나를 괴롭힌다 한들, 내면의 목소리로 글을 적겠다는 일념에 가득 찬 눈빛, 책을 떠나지 못하는 손, 대낮에도 칠흑같이 어둠 속에서도 종이를 비추는 한 줄기만 있다면 더 이상 바랄 것이 없었다. 그리고 이미 글이 없는 생활은 더 이상 상상할 수 없었다.

　강의 시간이 흐를수록 연필에 새겨진 'Nice day'라는 문구가 자꾸만 눈에 들어왔다. 하지만, 그와 정 반대로 이곳 사각지대 안에서 아무것도 할 수 없었다. 이 시간이 끝나기만을 기다리기만 했다. 마이크가 그런 나를 잠시 훑어보더니 칠판에 한 단어를 적었다.

'천국(Heaven)'

상심해 있던 자아의 둘레를 맴돌던 내게 강렬하게 다가온 단어.

'과연 내게 천국은 있는 걸까?'

'천국은 무슨 색깔일까?'

'인권과 자유, 평등의 세상이 천국일까?'

천국에 대해 글을 쓴다는 것은 내 상상력을 동원한다 해도 쉽게 해결되지 않는 벅찬 일이었다. 이곳의 열악한 사각지대만 보아도 내게 천국은 없는 것이나 마찬가지였기 때문이다.

　다음 수업시간. 강의실에 들어오니 학생들이 미리 와 있었다. 그리고 범상치 않은 한 사람이 눈에 띄었다. 수더분한 수염과 무심한 표정이 편안한 분위기를 풍겨냈다. 내가 자리에 앉자, 그가 조심스레 쪽지를 전했다.

'안녕하세요. 처음 뵙겠습니다. 저는 영화를 전공하고 극본을 쓰고 있습니다. 마이크의 부탁으로 이곳에 왔어요.'

서로의 관계에서 의무감이 느껴졌지만, 지금까지 해왔던 대로 필담을 전했다.

'안녕하세요. 필담 도우미인가요? 잘 부탁드리겠습니다.'

잠시 후에 그의 답장이 왔다. 쪽지를 무심코 읽는데, 내 머리에 섬광이 치는 듯했다.

'그런데, 제가 왜 당신의 도우미인가요? 전 당신에게 도우미 노릇을 수행하는 사람이 아니라, 이 순간을 당신과 함께 공유하고 있는 것입니다.'

순간, 그와 나의 관계가 평등해진 것 같았다.

도우미…… 그것은 그에게 역설적인 의미를 가진, 결국 장애인을 결핍의 존재로 해석하게 만드는 단어였던 것이다. 곧바로 그에게 답장을 썼다.

'오늘이 Nice day이군요.'

잠시 뒤에 마이크가 들어왔다. 그의 시선이 정면으로 나와 마주치자, 그가 까닥하며 신호를 보냈다. 그리고 학생들이 차례대로 과제를 읽기 시작했다. 마지막으로 내 순서가 다가오자, 마이크가 과제를 해왔는지 내게 묻자, 그가 학생들에게 이렇게 말했다.

"아마도 어느 누구도 다른 언어, 다른 생각, 다른 이야기를 이해하려는 여유조차 없을 것입니다. 만일 그런 여유를 가졌더라면, 당신들이 상상하는 천국은 적어도 지척에 있었을지 모릅니다. 자, 이제 저 학생의 천국을 낭독해 보죠."

그는 내가 쓴 글을 읽기 시작했다. 사람들의 눈이 일제히 그에게 집중됐다.

아주 깊은 기억 저편에 보관해 놓은 크고 행복한 비밀, 천국은 고요했어요. 오두막이 있고 꽃과 나무들이 무성하며 꿀과 젖이 흐르는 물가도 있어

요. 물빛, 별빛, 달빛으로 빛나죠. 모든 것들은 물처럼 아름답게 흘러가고
있어요.

천국의 사람들은 이 세상에 없는 천국의 언어로 대화해요.
천국의 사람들은 서로가 다르다고 다투지 않아요.
우리 모두는 같기 때문이죠.

매일이 축제이지만 천국 안에서 그들은 고요해요.
내가 꿈꾸는 천국……
천국은 고요했어요.

비밀의 화원

사랑을 마음 속에 두어라.
사랑이 없는 삶은 꽃들이 죽은,
햇빛 없는 정원과 같다.

- 오스카 와일드

늦은 오후, 나는 학교 식당에서 아이리시 홍차를 마시며 누군가가 나타날 지평선을 응시하며 한 사람을 기다렸다. 마침내 혜성같이 등장한 그. 마치 오랜 기다림 끝에 찾아 온 우편 배달부를 만난 듯한 반가움이 들었다.

호기심에 가득 찬 눈빛, 때때로 번지는 미소, 짙은 밤색의 짧은 머리, 말끔한 서류가방과 넉넉하게 재단된 옷을 입은 모습에 금세 알아볼 수 있었다.

그는 수어로 통역할 때는 여러 사람들의 주목을 받는 가운데서도 시선은 맑고 뚜렷하며, 아주 침착하게 움직였다. 그리고 확신에 찬 듯 또박또박 힘주어 말했다. 심지어 낱말 선택까지 완벽했다. 어디를 가든 농인과 늘 함께 했고 지구상 모든 언어를 사랑해 왔다. 그녀는 바로 영국에서 온 수어통역사 '알리'다.

알리가 요란하게 자리에 앉더니, 내게 대뜸 물었다.

"한국 수어로 흰색이 어떤 거야?"

"쉽고 간단해요."

내가 이를 활짝 드러내며 말했다.

"이렇게 이를 가리키면 되지요."

"그거 참 재미있구나."

알리가 깔깔대며 말했다.

"그렇다면 에스키모 수어로 '흰색'은 어떨까?"

골똘히 생각했지만, 쉽지 않았다.

"음……. 잘 모르겠네요."

내가 고개를 갸우뚱하며 말했다.

"이것도 간단하지."

알리가 옅은 미소를 지으며 말했다.

"그들에겐 온 세상이 하얀색이니까, 어디든지 가리키면 되는 거야!"

"와!"

나는 기발한 에스키모인의 발상에 감탄을 멈출 수 없었다.

"혹시, 통역사가 된 계기가 무엇인가요? 알리?"

문득 궁금해져서 알리에게 물었다.

"먼저 우리 집 화원에 대해 말할게."

알리가 진지한 표정을 짓더니 다시 말을 이어갔다.

"그곳에 비밀이 있어."

알리가 수어로 말했다.

"무엇이죠?"

그 비밀이 무엇인지 몹시 궁금해졌다. 알리가 가방에서 핸드폰을 주섬주

섬 꺼내 사진을 보여 주었다.

사진에는 오래 방치된 듯한 매우 낡은 목조 집과 죽은 화원과 흙탕물이 된 연못이 보였다.

"처음 화원의 모습이지. 도저히 손쓸 수 없이 오랫동안 방치되어 있었어. 그럼에도 난 그 집을 샀지."

알리가 말했다.

"그러고 난 뒤, 그들을 살리고자 밤새 노력하고 책도 뒤져 봤지. 어떤 가지를 솎아내는지, 얼마나 더 많은 빛을 필요로 하는지, 하지만……."

알리가 수어를 멈추고 고개를 저으며 말했다.

"굉장히 어려운 일이었어."

그녀가 계속해서 말을 이어갔다.

"그러던 어느 날, 난 그 일을 전부 멈췄어. 그들을 살리고자 애쓰고 노력하는 것보다 그들의 언어를 읽는 것이 우선이라는 것을 깨달았기 때문이야."

"그래서 어떻게 되었나요?"

내가 물었다.

"좀 더 정확하게 살펴보기로 계획했지. 꽤 오랜 시간이 지나서야 비로소 확실하게 증명할 수 있었던 것은."

알리는 감격에 겨워 수어를 멈추었다가 다시 이어갔다.

"내가 끝내 발견한 것은 그들만이 가지고 있는 언어였어."

알리가 말했다.

"그들은 우리가 알 수 없는 언어적인 신호를 주고 받으면서 생명을 보여 주었어. 꽃도 나무도 고유의 언어를 가지고 있었던 거야."

알리의 눈빛은 더욱 빛났다.

"그 후로 난 결심했지. 그들만의 고유의 언어로 소통하기로 말이야. 그들에게 작은 친절을 베풀고 물로 생명을 주기도 했으며 가지를 칠 때는 '너의 성장을 위해서야.'라고 말했지. 그들의 언어를 알면 알수록, 새롭게 태어났어."

알리가 사진을 다시 보여 주었다.

회화 그림 속으로 빠져들 것 같은 풍요로운 화원의 모습이었다.

"그때의 기분을 지금도 잊지 못해. 놀라운 여정이었지."

알리는 지금도 틈만 나면 과일을 수확하고 커다란 수양버들로 그늘진 벤치에 앉아 명상에 잠기며 꿈꾸듯 소일하는 것을 즐기고 있다고 했다.

알리가 말했다.

"새로 태어난 화원을 통해 나의 최초의 햇살, 나의 최초의 구름, 나의 최초의 나무 그리고 지금 있는 이 모든 것이 날이 갈수록 완벽해졌지. 내가 그때 알게 된 비밀은 복잡한 것이 아니라, 언어를 통해 살아 있는 생명을 부여하는 것이었어. 이후로, 난 생명을 부여할 수 있는 또 다른 언어를 찾기로 결심하게 되지."

알리의 눈빛이 빛났다.

"그것이 바로 수어였어."

알리가 계속해서 수어로 말했다.

"처음에, 그들이 무엇을 이야기하고 있는지 전혀 이해하기 힘들었어. 그들만이 만들어 내는 유리성 속에서 도무지 어떻게 해야 할지 모르겠더구나. 내가 바라본 수어의 세계는 방어벽 같이 철저했고, 누구도 무너뜨릴 수 없는 그들만의 유리성이었어."

"그 유리성이 무엇인지 전 알 수 있을 것 같아요."

내가 고개를 끄덕이며 말했다.

알리가 수어를 멈추고 숨을 고르며 말했다.

"하지만, 그들의 언어는 죽어가고 있었지. 그 후로 이들의 언어를 알아가기로 결심했어. 바로 내가 화원으로부터 알게 된 비밀과 마찬가지로."

알리가 말했다.

"그러던 어느 날, 한 농인 아이를 만났어. '엠마'라는 한 소녀였지. 작디작고 여린 몸을 가진 엠마는 누구와도 소통할 줄 몰랐단다."

알리가 고개를 흔들며 말했다.

"장애보다 더 큰 불행은 소통의 방법을 모른다는 거였어."

나는 알리의 수어에 집중했다.

"당시, 엠마가 할 수 있는 유일한 소통은 눈빛과 몸짓에 불과했어. 하지만, 내가 수어를 통역해 주면서 엠마 자신이 세상의 연결고리를 찾고 자신만의 목소리를 낼 수 있었지. 그 모습을 보고 난 뒤로 난 수어통역사가 되었단다."

자신의 통역으로 농인이 새로운 생명을 부여 받은 듯이 웃기 시작하고, 즐거워하는 모습을 보는 것이 가장 행복하다는 그녀.

"물론, 내가 표정을 조금이라도 미세하게 움직이면 잘못이 아닌가 오해를 하기도 했고, 보이는 대로 믿어 어긋날 때가 있었어. 그래서 한때 수어의 세계를 떠나기도 했지."

알리가 말했다.

"하지만, 난 언제나 그리워했어. 신비롭고 환상적이며 마법적인 언어가 또 있을까! 결국 다시 돌아오게 되었고 그때의 비밀의 화원을 떠올리며, 마음을 다잡곤 해."

알리에게 뭐라도 말을 건네고 싶었다. 아일랜드 수어이든 한국 수어이든 미국 수어이든 국제 수어이든.

"알리, 처음 내가 아일랜드 수어를 몰랐을 때를 기억해요?"

알리가 그제야 생각난 듯이 말했다.

"맞아 그때 네 모습은 시든 꽃과 같았어. 우리 집의 과거 화원처럼."

"하지만, 지금은 활짝 피어 있는 꽃과 같잖아요."

내가 웃으며 말했다.

"그러네?"

우리는 서로 마주 보며 웃었다. 창문 밖에는 어스름한 저녁 노을이 지고 있었다.

샌디마운트의 나비

사람들은 존재하는 것들을 보며 "왜지?"라고 말한다.
나는 존재한 적이 없는 것들을 꿈꾸며
"왜 안 돼?"라고 말한다.
- 조지 버나드 쇼

아침마다 나는 자전거를 타고 바닷가를 향해 달려갔다. 옛 수도원과 샌디
마운트 바닷가 옆에 있는 학교. 그곳이 내가 아일랜드 수어를 처음 배운 곳
이다.

갈색의 오늬무늬로 짜 맞춘 복도 바닥 위에 문이 줄지어서 있었다. 복도에
는 햇빛이 가득 내리비쳤다. 복도 끝엔 '7번'이라는 방이 있었다.

문을 여니, 모자이크 타일 바닥과 연청색의 벽 그리고 터키산의 꽃병이 보
였다. 햇살이 커다란 창문을 통과해 쏟아지고 있고 저만치에 있는 테이블
위에는 작은 식물이 놓여 있었다. 꽃무늬 헝겊으로 싸인 'D'라는 커다란 글
자가 보였다. 대문자 'D'는 '농인(Deaf)'에 대한 긍정적인 이미지와 정체성
을 드러내고자 하는 표현이었다. 조금 더 시야를 올려다보니 바다가 보였다.
바다의 짭조름한 내음새가 7번 방을 채우고 있었다. 그리고 긴 금발머리에
맑은 푸른 눈동자와 선한 인상을 가진 젊은 교사가 강의실 안에 다소곳이

앉아 있었다. 그녀가 바로 내 인생을 바꾼 '앤', 게일어로는 '어냐'이다.

자리에 앉은 앤이 내게 먼저 물었다.

"처음 이곳에 왔을 때, 어땠나요?"

내가 말했다.

"지금까지 해 온 소통이 모두 무의미하게 느껴졌어요."

"당신은 왜 혼자 이곳으로 왔나요? 지금까지 아시아에서 온 농인도 없고 심지어……. 왜죠?"

반쯤 열린 창문으로부터 신선한 잔디 향이 퍼져 나왔다.

"혼자 아무것도 없이, 이 도시에 온 이유는 제게 꿈이 있었기 때문입니다. 아무런 소통을 할 줄 모른다는 것이 오히려 제게 도전이었습니다. 혹시 모르죠. 한국인 중에 아일랜드 수어를 할 수 있는 사람이 제가 유일할지도요."

그러자, 앤이 고개를 떨구다 바다의 수평선을 바라보며 생각에 잠겼다. 앤의 눈빛은 오아시스 속 별처럼 반짝였다.

"당신에게 아무런 조건 없이 영어와 아일랜드 수어를 가르치겠습니다."

그날부터 매일 앤을 찾아가 영어를 배우기 시작했다. 며칠 후, 그 어느 때와 다름없는 오후, 앤이 문득 궁금하다는 듯이 수어로 물었다.

"혹시 나비의 진실을 알고 있니?"

"아뇨."

내가 대답했다.

"놀랍게도 그들은 소리를 들을 수 없단다."

앤이 말했다.

'정말인가요?'

나는 아무런 말없이 놀란 표정으로 대답했다.

그러자 앤이 말했다.

"사람들은 그 진실을 보지 못하고 나비의 아름다움만 보지."

앤이 생각에 잠기다가 다시 말했다.

"그들은 소리를 듣지 못해도 꽃 속에 잠들고 꽃의 향기를 찾아가며 자신의 방법으로 살아가고 있단다."

"나비에게는 듣지 못하는 것이 장애가 아니라는 거죠?"

내가 물었다.

앤이 고개를 끄덕였다.

"살아 있는 모든 것들은 셀 수 없이 수많은 다양성을 가지고 있어. 보지 못하거나 많은 다리를 가지고 있는데다 물 없이 살아갈 수 없는 존재도 있는걸."

앤이 말했다.

"중요한 건 사람들이 나비가 듣지 못하는 것을 장애라고 생각하지 않는다는 것이지. 나비는 듣지 못하는 대신 더듬이라든지 다른 방법으로 살아왔지. 그저 나비는 나비 자체로 존재하고 있을 뿐이야."

이제서야 앤의 뜻을 조금 알 것 같았다.

"때로는, 누군가가 듣기 싫어하는 말도 단 하루라도 들어보고 싶을 때가 있어요. 그 말을 들었을 땐, 그들이 어떤 감정을 느낄까? 라고 말이에요."

내가 수어로 말했다. 그러자, 앤이 말했다.

"이 세상의 말들은 거의 별거 없단다. 들을 수 있다 해도 이 세상 사람들은 가끔 진실을 보지 못하지. 중요한 건 장애를 극복해야 한다는 마음가짐보다 어떻게 하면 한계를 넘어 진정한 성장으로 이끌 수 있을까 하는 거지. 이제

네가 나비가 되기 위한 준비를 다 했다고 생각한단다. 세상을 향해 날아가는 것만 남았어."

앤이 웃으며 말했다.

열어 둔 창문으로 바람이 불어오고 있었다.

학교를 나와 샌디마운트 바닷가를 달려갔다. 한 마리의 나비가 된 듯이 몸이 가벼워졌다. 나의 최초의 바다, 샌디마운트는 에메랄드 보석이 흩뿌린 것 같이 출렁거렸다.

태양빛이 내 얼굴 가득히 내리비쳤다. 지금껏 만나지 못했던 따사로운 따뜻함이 느껴졌다. 바람은 손가락 마디 사이에 파도처럼 부드럽게 부딪혔다. 머릿속 가득 기분 좋은 언어들이 떠올랐다. 들숨과 날숨 사이를 왔다 갔다 하며 바다 수평선을 바라보았다. 나는 이곳에서 쉴 새 없이 희망을 꿈꿀 수 있었다.

바다 위에 나비들이 너울너울 춤추며 날아갔다. 한쪽만 무늬가 있는 나비가 눈에 띄었다. 적이 눈알 무늬 날개를 쪼아먹게 하여 공격으로부터 몸체는 보호하고자 했던.

나 역시 나를 보호하기 위해 오직 눈으로 이 세상을 살아왔다.

나비가 바람을 타고 날갯짓을 했다. 나풀나풀 날개를 나부끼는 나비가 내 손 위에 앉을 때까지 기다렸다. 나비는 떨어지듯 내려갔다가 퍼뜩 솟아오르기를 잇달아 했다. 날개 비늘이 영롱하게 깜박거리다가 반짝였다.

드디어 그가 얌전히 꼼지락거리며 내 손바닥에 내려앉았다. 햇살을 가슴에 품고 그에게 속삭였다.

'너와 내가 갖고 싶었던 세상,
우리의 천국은 고요했어.'

인간이 탄생에서부터 죽음에 이르기까지

통과해 가야 하는 저 엄청난 고독들 속에는

어떤 각별히 중요한 장소들과 중요한 순간들이 있다.

그 장소, 그 순간에 우리가 바라본 어떤 고장의 풍경은

우리들 영혼을 뒤흔들어 놓는다.

- 장 그르니에, 《섬》 중에서

　때때로 서울의 흐린 구름과 잿빛의 우울한 하늘을 마주하노라면 아일랜드가 떠오릅니다. 오직 사랑만 하기에도 짧은 인생이지만, 살아갈 가치가 있다고 생각하면 제 가슴은 감당할 수 없으리만큼 벅차오릅니다. 오랫동안 떠나 있어도 변치 않을 그곳. 그리운 마음의 고향.

　마침내 오늘, 그 여정을 마무리하고자 합니다. 길고 길었던 여정이었습니다. 정든 고향과 부모님 품을 떠나 혼자 세상의 끝에 덩그러니 떨어져 버린 스물일곱의 저는, 처음부터 끝까지 요동치고 날카로운 고통을 겪어야만 했습니다.

　듣고 말할 수 없는 것은 어떤 나라를 가도 똑같을 거라 생각했지만, 이와 달리 참으로 어렵기만 했습니다. 하지만, 외롭고 힘겨웠던 시절이었노라고 말하기에 망설이는 이유는 들을 수 있는 사람들이 보지 못하는 것들을 제 마음 속에 담을 수 있었기 때문입니다.

하나의 움직임에 불과했지만, 크고 작은 영향력을 눈으로 확인할 수 있었습니다. 그리고 이렇게 제 나름의 방법으로 쓴 글을 엮게 되었고 마침내 이 책이 나오게 되었습니다.

오늘날 존재하는 모든 것은 앞서간 분들의 커다란 노고에서 쟁취한 것이라고 합니다. 만일 이분들이 없었더라면, 이 책은 영원히 빛을 보지 못했을 것입니다.

제게 최고의 영감과 살아 있는 정신을 심어준 아일랜드 작가들, 설리번 선생님처럼 제게 많은 영감을 준 Aine Nally, 어려울 때마다 도움을 주신 영국과 아일랜드의 수어통역사 Ali Stewart, Brenda Quigg, Carmen Martin, 최고의 우정이 되어준 Brenda Dunne, Lizzie Price, 겉모습은 냉혈한 영국인의 모습이지만, 누구보다 따뜻하고 아낌없이 학업에 도움을 주신 Deirdre Neary 학장님에게 이 자리를 빌려 감사의 인사를 전합니다.

더블린에 정착하여 주님 안에서 삶을 일구어 오신, 언제나 인자한 미소로 따뜻하게 대해 주신 더블린 한인교회 박용남 목사 내외분, 트리니티 대학의 목헌 교수 내외분, 한인회 회장 권순주 선생님, 초기 정착에 많은 도움을 주신 김용규 집사님, 출판에 도움을 주신 문화체육관광부와 한국장애인문화예술원 그리고 좋은땅 출판사에 감사의 인사를 전합니다.

마지막으로, 제가 어떤 선택을 하든 변함없이 지지를 보내준 나의 사랑스러운 가족 엄마, 아빠, 언니, 아일랜드에 있는 동안 끝까지 나를 기다려 준, 나의 귀가 되어 주는 반려견 행운이에게 이루 말할 수 없는 고마움과 깊은 사랑을 전합니다.

더불어 하루의 고단함이 모두 씻겨 내려가는 듯한 포근한 솜이불 같은 품을 가진 그, 제가 어떠한 모습을 하고 있든 아무런 편견없이 바라봐 주는 넓은 마음, 그리고 손수 맛있는 요리를 해내는, 앞으로 변함없이 내 편에 서서 늘 응원해 줄 사람, 어려울 때마다 아낌없이 지원해 주는 최고의 남편이자, 이제는 제 옆에서 평생 동반자가 된 그에게 이 책을 바칩니다.

아일랜드는 제게 '네잎클로버'라는 선물을 주었습니다. 사랑이 모이면 완성되는 네잎클로버의 발견은 영원히 제 기억 속에 남게 했으며, 새로운 상상을 일게 했습니다. 단언컨대, 모든 것은 거저 얻는 것이 아니며 끝에 얻은 가치는 앞으로도 영원히 빛날 거라 믿습니다.

2018년 가을
북한산 자락에서
노선영 씀

기본 수어 배우기

안녕하세요

만나서 반갑습니다

이름은 무엇입니까?

괜찮습니다   미안합니다

사랑합니다

감사합니다

수고하셨습니다

일러스트_선미화

저자 노선영

저자는 1987년, 선천성 청각장애를 가지고 태어났다. 서울의 한 특수학교에서 수어와 동시에 입술을 읽는 법을 익혔지만 1997년 가을, 일반학교로 옮기게 되어 자연스레 수어를 거의 구사하지 못했다. 대학에 들어가고 나서야 농정체성에 눈을 뜨고 농인의 모어(母語)인 수어로 회귀하게 되었다. 저자에게 편한 소통은 '글'이다. 글이야말로 그에게 '작가'라는 꿈을 가지도록 했기 때문이다. 노선영 저자는 현재도 계속해서 독자를 위해 아름다운 글을 쓰고 있다.

오늘 여기, 반짝반짝 빛나는
마음의 소리 들리나요?

고요 속의 대화

© 노선영, 2018

초판 1쇄 발행 2018년 10월 29일

지은이　　노선영
펴낸이　　이기봉
편집　　　좋은땅 편집팀
펴낸곳　　도서출판 좋은땅
주소　　　경기도 고양시 덕양구 통일로 140 B동 442호(동산동, 삼송테크노밸리)
전화　　　02)374-8616~7
팩스　　　02)374-8614
이메일　　so20s@naver.com
홈페이지　www.g-world.co.kr

ISBN　979-11-6222-782-4 (03810)

이 도서의 국립중앙도서관 출판시도서목록(CIP)은 서지정보유통지원시스템 홈페이지(http://seoji.nl.go.kr)와 국가자료공동목록시스템(http://www.nl.go.kr/kolisnet)에서 이용하실 수 있습니다. (CIP제어번호 : CIP2018033035)